Heibonsha Library

漢詩一日一首〈春〉

平凡社ライブラリー

Heibonsha Library

漢詩一日一首

〈春〉

一海知義

平凡社

本書は一九七六年二月、平凡社より刊行された『漢詩一日一首』
〈春・夏〉〈秋・冬〉全二冊を、四巻に分けて刊行するものです。

平凡社ライブラリー版 まえがき

本書は一九七六（昭和五十一）年二月、平凡社から刊行された『漢詩一日一首』上下（春夏・秋冬）二冊本に少許の補正を加え、四季分類により四分冊にしたものである。

前著が出版されてからほぼ三十年の歳月が経つが、三千年の歴史をもつ漢詩の世界に、さしたる変化はない。

しかし全く変化がないわけでもない。たとえば前著を執筆した当時、漢詩を四季に分類して注釈を施した書物は、ほとんどなかった。古来中国では、『詩経』『文選《もんぜん》』『全唐詩』など主なアンソロジーは、おおむね地域別、ジャンル別、詩人別などで分類され、わが国の『万葉』『古今』のごとく季節別分類を採り入れたものは、ほとんどない。わが国でも、和歌でなく漢詩のアンソロジーは、四季で分類されたものは少なく、その伝統は三十年前まで受け継がれていた。

ところが前著刊行以後、わが国では「漢詩歳時記《さいじき》」式の書物が次々と出版されるようになった。変化の第一である。

この三十年間に、中国でも日本でも、さまざまな漢詩集や注釈書が新たに刊行された。その量は、とりわけ中国では厖大である。一例を挙げれば、前著の「はしがき」で、宋代の詩は作品数があまりにも多く、『全唐詩』(約五万首)のごとき宋一代の作品を網羅《もうら》する全集の編纂は不可能に近い、と書いた。ところが不可能が可能となり、『全宋詩』七十二冊(付・人名索引)が、約八年の歳月を費やして編集刊行された(一九九一―九八年、北京大学出版社)。変化の第二である。

前著を執筆していた頃、私はパソコンを持たず、その操作方法も知らなかった。ところがそんな私をも巻き込んで、今や世はコンピューターの時代であり、漢詩の世界でも、詩題や詩語をパソコンで検索することは、常識となった。

たとえば、一万首の作品を収める宋・陸游《りくゆう》詩集のソフトを入れたパソコンで、「山居」という言葉を検索してみる。すると十九例が見つかり、それらの詩をすべて読んでみると、「山居」は「山小屋」でないことがわかる。「山」は「帰山」(隠退する)の「山」、「山居」は「隠居所」を指し、必ずしも山にあるわけではない。

コンピューターの活用は、変化の第三である。

こうしたいくつかの変化があったにもかかわらず、漢詩三千年の世界に、基本的には「さしたる変化はない」と言ってよいだろう。

前著は幸いに版を重ねて、少なからぬ読者を得た。ここにハンディな形に再編集し、各巻のはじめに短い序文を付して、新たに提供できるようになった。読者諸賢の批正をまちたい。

本書を平凡社ライブラリーに収めるよう慫慂《しょうよう》され、編集校正につき種々助言をいただいた山本明子さんに、感謝したい。

二〇〇七年夏

一海知義

はしがき

唐の李白《りはく》の詩に、

三百六十日

日日　酔うこと　泥の如し

という句がある。一年三百六十日、毎日毎日、李白は泥酔していた。もちろん、戯《たわむ》れの詩である。友人杜甫《とほ》にいわせれば、

李白一斗　詩百篇

泥酔の日々にも、李白は詩を作っていたにちがいない。

さて、概数でいえば三百六十日、現在の陽暦では三百六十五乃至六日、毎日一首の漢詩を読もう、というのが、本書の趣旨である。李白にあやかって、日々詩に酔おう、というわけではない。酔える詩もあるが、かえって醒める詩もある。題して『漢詩一日一首』というが、

「一日一言」のたぐいの教訓的倫理的意味合いは、ない。毒をふくむ詩もある。

ところで、中国では、現存する詩作品の数は、唐代以後にわかにふえる。それ以前の著名な詞華集《アンソロジー》とその収録詩数を挙げれば、『詩経』三百首、『文選《もんぜん》』四百余首。ところが、『全唐詩』、これはさきの『文選』のごとき代表的作品の選集でなく、文字通り唐一代の全作品を網羅《もうら》しようとの編集意図を持つが、その収録詩数、四万八千九百余首。詩を選ぶ当然の前提として全作品をていねいに読むこと、それさえおぼつかない。

次の宋以後になると、詩の数はさらにふえる。一代の作品を網羅する全集の編纂は、もはや不可能に近い。個人の詩集の例を一、二挙げても、陸游《りくゆう》一万首、楊万里《ようばんり》四千首。まさに、詩の海である。

本書では、これら中国人の詩のほかに、日本人、ベトナム人の漢詩についても、その一部を選択の対象にした。また厳密な意味での「詩」作品以外に、「辞《じ》」、「詞《し》」などとよばれる韻文も、その若干を選んだ。選択の対象は、さらにふえたわけである。あらかじめ一定の基準をもうけ、それに従って詩を選ぶほかはない。

選詩の基準の一つは、有名な詩、よく知られている詩。古来、日本人の多くが親しんで来た漢詩、現代の若者も知っている漢詩は、できるだけ採ることにした。たとえば、唐代でいえば、孟浩然《もうこうぜん》の「春暁《しゅんぎょう》」、王維《おうい》の「九月九日、山東の兄弟を憶《おも》う」、杜甫《とほ》の「春望《しゅんぼう》」、白居易《はくきょい》の「八月十五日の夜、禁中に独《ひと》り直《とのい》し、月に対して元九を憶う」などなど。

しかし、これら有名な詩、あるいは比較的有名な詩だけで、三百六十五日をみたすことはむつかしい。そこで、本書の意図にもかなうもう一つの基準として、「季節」を設定した。四季それぞれの風物を詠み込み、それに触発された感情をうたう詩を、できるだけ多く採ることにした。さきに挙げた孟浩然の「春暁」以下四首のうち、白居易、王維の詩は、八月十五日、九月九日という日付をもつが、他の二首は、春という季節を示すだけで、日付をもたぬ。だが、デイトの有無にかかわらず、これらの詩は、「季節」という基準に従えば、排列できる。

デイトをもつ詩は、かなり多い。たとえば、元旦の詩、除夜の詩は、すくなからず作られている。また、七月七日七夕《たなばた》の詩、八月十五日仲秋の名月の詩、九月九日重陽節《ちょうようせつ》の詩なども、相当な数にのぼる。だが、いわゆる二十四節気などに関係せぬごくふつうの日、その日付をもつ詩は、すくない。もちろんないわけではない。本書に採ったものを、一月を例にして挙げれば、一月五日の日付をもつ陶淵明《とうえんめい》「斜川《しゃせん》に游《あそ》ぶ」、一月十二日の文天祥《ぶんてんしょう》「零丁洋《れいていよう》を過ぐ」、一月十四日の韓愈《かんゆ》「左遷されて藍関《らんかん》に至り、姪孫《てっそん》の湘《しょう》に示す」など。これらは、その日に作られたか、またはその日付にまつわる事件をうたったものである。かく捜集すれば、一年三百六十日のすべての日付をうずめられぬこともあるまい。だが、そうすれば、当然のこととして、つまらぬ詩を相当に読まねばならぬ。そんな忍耐は、無意味である。

本書では、そうした個々の日付をもつ詩もいくつかは採ったが、大部分は四季という大まかな分類に従うことにした。

中国の過去の詩集をひもといてみると、春の詩と秋の詩は実に多いが、夏の詩と冬の詩は比較的すくない。そのことは、季節の性質と人間の感情との相関関係を示しているように思える。本書でも、春と秋の巻は、それぞれの季節に関係する詩だけで、ほぼうずめることができた。だが、夏と冬の巻は、同じようにはゆかぬ。

ところで、季節には、自然のそれのほかに、人間の季節、あるいは政治の季節とでもよぶべきものがある。たとえば、毎年、暑い夏をむかえると、われわれの世代の追憶は、戦争につながる。八月六日の広島、九日の長崎、そして十五日の敗戦。本書には、そうした「人間の季節」にまつわる作品も、いくつか採録した。

しかし、それらをふくめても、「季節の詩」だけでは、全篇はうずまらぬ。また、古来の有名な詩の中に、季節と関係せぬ作品がかなりあることは、いうまでもない。さらに、必ずしも有名な詩ではないが、ぜひ本書に採りたいと思う詩で、やはり季節と無関係な作品がいくつもあった。それらは、各巻の適当な部分に排列することにした。

四季に分類するにあたって、当惑することが、一つあった。旧暦と新暦の処理である。旧暦では、一、二、三月が春。われわれは冬の季節に正月をむかえるが、過去の中国では、正月は春である。文字通り新春である。本書でも、正月の詩は、春の巻の冒頭においた。また、七月七日の七夕《たなばた》、八月十五日の仲秋の名月、これらはその日付だけでいえば、旧暦ではともに秋、新暦ではともに夏に属する。だが、現在では、七夕は夏の行事であり、名月はやはり秋でなければならぬ。それに類する例は他にもあり、ややためらいはしたが、いずれも現代の常識に従うことにした。

本書の選詩には、いささか偏りのあることを、選者として認めないわけにゆかぬ。元・明・清の詩がすくないのは、選者の不勉強による。陶淵明《とうえんめい》と陸游《りくゆう》の詩がかなり多いのは、選者の嗜好による。その他、詩解の不備に対するのと同様、読者の高見・批正をまつ。

目次に見える篇数は、三百に満たない。しかし、一篇の中で複数の詩を紹介する場合がかなりあり、それらをかぞえれば、ほぼ一年三百六十五日に見合う。読者が一日に一首を味読されるか、一日に一書を読破されるか、その選択は自由である。

本書の末尾（冬の巻）には、三種の索引を付した。詩人、詩題、詩句の索引であり、詩の断片を引用するものについても、検索できるようにした。

詩を選び、詩を解くにあたって、先人の多くの労作が、その指針となった。時に大胆な説を提出した箇所もなくはないが、それも先人の仕事に導かれてのことである。本文中にふれるものの他は、ここに一々その名を挙げないが、あわせて深謝の意を表したい。

一九七五年秋　　一海知義

目次

目次

春

序

旧暦の春は、一月、二月、三月。

今の一月（正月）は冬だが、これを「新春」というのは、旧暦の春の名残りである。

新春の「新」は、「あたらしい」という意味のほかに、新婚の「新」と同じく、「〜したばかり」という意味がある。「新雨」は、「いま降ったばかりの雨」。「新春」は、「春になったばかり」。

新春のことをうたった漢詩は、古来少なくないが、本書では、あまり知られていない宋・真山民《しんざんみん》の詩「新春」を選んで、紹介した。

現代の中国では、都会でも農村でも、一月一日は単なる休日であり、今も旧正月、いわゆる春節（ふつう新暦の二月初め頃）を賑やかに祝う。

そのほか本巻でも紹介したように、春三か月の間には、人日《じんじつ》（一月七日）、上元《じょうげん》（一月十五日）、清明《せいめい》（春分の日から十五日目、陽暦の四月五、六日頃）、寒食《かんしょく》（冬至から百五日目、陽暦の四月初旬）など、現代の日本にはない名称の日と、行事がある。

春といえば花、花といえば日本では、昔は梅、今は桜である。しかし中国は歴史が長く国土が広いので、花の代表は時代と地域によって桃、牡丹、海棠などと、定まらない。本巻では春の花である梅、桃、そして梨の花などをうたった詩を紹介した。

春を詠じた漢詩で、わが国で最もよく知られているのは、孟浩然《もうこうぜん》の「春暁《しゅんぎょう》」と杜甫《とほ》の「春《しゅん》望《ぼう》」であろう。有名な詩は読者が多いこともあって、さまざまな解釈が生まれる。本書では右の二首につき、主な異説を紹介し、これに対する私の意見を述べた。読者のみなさんの間で、討論の起こることを期待する。

本書に収めた漢詩は、ほとんどが中国の詩人の作品だが、日本の漢詩人の作も時に紹介することにした。本巻に登場するのは、河上肇《かわかみはじめ》、夏目漱石、藤井竹外、石川丈山、大槻磐渓《おおつきばんけい》である。

新春

真《しん》山《ざん》民《みん》

宋代末期の詩人真山民に、「新春」と題する五言律詩一首がある。

余凍雪纔乾
初晴日驟暄
人心新歳月
春意旧乾坤
煙碧柳回色
焼青草返魂
東風無厚薄
随例到衡門

余凍《よとう》　雪　纔《わず》かに乾《かわ》き
初晴《しょせい》　日　驟《にわ》かに暄《あたた》かなり
人心　新歳月
春意　旧乾坤《けんこん》
煙《かすみ》は碧《みどり》にして　柳は色を回《かえ》し
焼《しょう》は青くして　草は魂を返す
東風　厚薄《こうはく》なく
例に随いて　衡門《こうもん》に到る

十三世紀の後半を生きたこの詩人の行跡は、実はよくわからない。詩集一巻がのこるのみである。宋代に輩出した、いわゆる士大夫でない民間の詩人の一人だったのであろう。詩は、余寒の去らぬ新春の風光からうたいはじめる。

余凍《よとう》　雪　纔《わず》かに乾《かわ》き
初晴《しょせい》　日　驟《にわ》かに暄《あたた》かなり

「余凍」は、余寒と同じ、残んの寒さである。旧暦の新春、旧正月、冬の寒さはまだ残っているけれども、雪はやっと乾きはじめた。新春の晴れの日、ひざしは急にあたたかく感じられる。

律詩の最初の二句、いわゆる首聯《しゅれん》は、対句《ついく》であることを要しないが、この詩、新春のよろこびをおさえきれぬがごとく、対句をもってはじまる。

そして次の二句、頷聯《がんれん》は、もちろん対句だが、名詞を並べて助字をおかず、いささか新鮮味を出す。

人心　新歳月
春意　旧乾坤《けんこん》

字づらをながめている方が味わいは深いけれども、あえて解を加えるとすれば、次のごとくになる。
人の心は、歳月とともにあらたまり、春の気配は、昔ながらのこの天地にみちみちる。
そして第五、六句、すなわち頸《けい》聯。
煙《かすみ》は碧《みどり》にして　柳は色を回《かえ》し
焼《しょう》は青くして　草は魂を返す
「煙」は、もや、春のかすみである。柳の樹をつつみ、その枝々をけぶらせるもやである。
「焼」とは、野焼きの跡をいうのであろう。
もやはみどりにけぶって柳の樹々をつつみ、柳の芽は春の色をふきかえす。野焼きの跡もさみどりに芽ぶいて、草は魂をよみがえらせる。
そして最後の二句、すなわち尾聯。
東風は　厚薄《こうはく》なく
例に随いて　衡門《こうもん》に到る
「東風」は、こち。春の風である。「厚薄」とは、かれに厚《あつ》く、これに薄《うす》い、といった不公平なこと。自然に私心なく、えこひいきのないことは、古詩にもしばしばうたわれる。「衡門」は、柱を二本たて横木を一つ渡しただけの粗末な門。早く『詩経』に見えて、隠者のすまいをも意味する。

春風はえこひいきがなく、例年のごとく、この貧乏ずまいにも吹き渡って来る。

行跡のわからぬ民間の詩人の詩らしく、庶民の心に映じた自然への、静かな賛歌である。人間社会には不平等があり、人生にはさまざまな起伏がある。しかし自然は、四季の変化は、時に焦燥感さえいだかせるほど「厚薄」なく、「例に随い」時を定めて、どこへでも訪れる。自然の「厚薄」のなさに、人間社会の「厚薄」を感じとる、さらにこの人間社会にも「厚薄」のない未来の実現を希求する。自然を詠じた中国の詩人の中には、そうした希求をひそかにしかしねばりづよくいだきつづけた人々が、すくなくなかった。

『真山民詩集』は、わが明治期の思想家中江兆民《なかえちょうみん》の愛読書の一つであったという。

雪と豊年

査《さ》慎《しん》行《こう》

雪が豊年の前兆であるとは、いつごろからいわれ出したことか。ことに元旦の大雪は、めでたいとされる。

清朝の初期、一七一四年の新春、詩人査慎行（一六五〇―一七二七）、号でよべば査《さ》初白《しょはく》が、退官して初めて郷里（浙江《せっこう》省海寧《かいねい》県）で迎えた正月は、大雪だった。

跡遠疎賓客
心空穏睡眠
正宜晴閉戸
況乃雪漫天
与世喜無事

跡《あと》は遠く　賓客《ひんかく》は疎《まれ》に
心空《むな》しくして　睡眠穏《おだや》かなり
正《まさ》に宜《よろ》し　晴るるも戸を閉《と》ざすに
況《いわ》んや乃《すなわ》ち雪の天に漫《ひろ》がるをや
世の与《ため》に　事なきを喜び

為農占有年　農の為《ため》に　年《ねん》あるを占《うらな》う
庭梅生意動　庭梅　生意　動き
報我一花先　我に報じて　一花　先《さき》んず

詩人六十五歳の作である。題して「元旦大雪」。五十四歳でようやく進士の試験に合格し、それから十年ばかりの宮仕え、それも終えて故郷に帰って来た。

跡《あと》は遠く賓客《ひんかく》は疎《まれ》なり——私の居場所、いま足跡を印するこのふるさとは、官界からはるかに離れ、賓客、正式の訪問客も、まばらである。かくて、心空《むな》しくして睡眠穏《おだや》かなり——心にかかることは何もなく、空白の時間の中で、おだやかな眠りにひたる。

このような次第だから、たとえ晴れた日であろうと、門を閉ざしてひっそりと暮らすのに、まことに都合がよろしい。まして元旦の今朝は、空いちめんの雪模様。——正《まさ》に宜《よろ》し晴るるも戸を閉ざすに、況《いわ》んや乃《すなわ》ち雪の天に漫《ひろ》がるをや。「閉」の字、査氏の詩集『歯会集』は「閑」とするが、平仄《ひょうそく》もあわず、「閉」に改める説に従う。

詩は、後半に至っていう、この老人、ただ惰眠をむさぼっているだけではない。「心空《むな》し」とはいったが、何も思わぬわけではない。世のためには、現世の無事なのを喜びあい、農民のためには、年《ねん》、秋のみのりの豊かさを、予想する。元旦にこの大雪、ことしはきっと豊年だろう、と。——世の与《ため》に事なきを喜び、農の為《ため》に年《みのり》あるを占《うらな》う。

そしてまた、この肉体のように心も枯れきっているわけではない。万物のもつエネルギーの発動、それには敏感である。庭の梅にも、そのエネルギー、生気が動きはじめた。それを私に知らせようと、まず一輪、雪の中にはや咲きそめているではないか。——庭梅生意動き、我に報じて一花先《さき》んず。

この五言律詩を作って十二年後、詩人は、文部次官の職にあった弟の筆禍事件に連坐して、獄に捕えられ、憂悶の日々を送ることになる。この詩は、いわば人生のやわらぎの谷間での作といえよう。査初白は、宋詩を学んだ人である。この詩もまた、宋詩風に繊細で新鮮である。しかし淡白に似て、淡白でない。

清の文芸批評家趙翼《ちょうよく》は、その著『甌北《おうほく》詩話』の中で、査初白を評していう、「其の功力の深きは、則《すなわ》ち香山（白居易）・放翁（陸游）より後、一人のみ」。

欣欣向栄

陶《とう》淵《えん》明《めい》

毛沢東『新民主主義論』（一九四〇年）の冒頭の部分は、次のような文章ではじまる。

「抗戦以来、全国の人民には一種〈欣欣向栄〉とした気風が見え、人びとは活路が見出せたと考え、愁いに沈んだ様子はこれによって一掃された」

日本の侵略軍が横暴のかぎりをつくしていた中国で、ようやく抗日統一戦線が結成され、一九三七年七月七日の盧溝橋事件を契機に、中国の人民は全面的な抗日の戦いにたちあがった。そのとき人民の間にみなぎった空気を、毛沢東は「欣欣向栄」ということばで形容している。このことばは、実は陶淵明（三六五―四二七）の「帰去来の辞」の中に見える。

帰去来兮　　帰りなんいざ
田園将蕪　　田園まさに蕪《あ》れなんとす

胡不帰　　胡《なん》ぞ帰らざる

このうたい出しではじまる「帰去来の辞」は、陶淵明の隠遁宣言である。それは宣言にふさわしく、堂々としていて爽快である。四十歳をこえた淵明は、それまでの官界生活に訣別し、故郷の農村に帰る。全体が五段に分かれる「帰去来の辞」の第一段は、舟で故郷の家を目指す情景をうたい、第二段は子供たちの待つ家に着いたときの様子、第三段は家に帰って腰をおちつけ庭に出て徘徊《はいかい》する姿をうたう。そして第四段では、近郊の野山に出かけて見た春の生き生きとした風物と、これからはじまろうとする農耕への期待をうたう。「欣欣向栄」という語が見えるのは、このシーンである。

既窈窕以尋壑　　既に窈窕《ようちょう》として以て壑《たに》を尋《たず》ね
亦崎嶇而経丘　　亦《ま》た崎嶇《きく》として丘を経《ふ》
木欣欣以向栄　　木は欣欣《きんきん》として以て栄に向かい
泉涓涓而始流　　泉は涓涓《けんけん》として始めて流る

奥深い谷をおとずれてもみたし、けわしい丘を歩きとおしてもみた。木々はよろこばしげに花咲こうとし、泉はさらさらと流れはじめていた。

これは淵明をとりまく春の自然の外的描写であるとともに、このときの彼の内奥の心理描写でもあるだろう。欣欣向栄——後世の人びとは生命の息吹きを感じさせる情景を前にしたとき、この語を思い出し、情景描写の形容としてしばしばこの語を使った。

中国人の詩文の中では古典をふまえたことばが頻用される。それは現代の詩や散文でも、頻度は別として、例外ではない。ことに毛沢東の文章には典拠のあることばがよく出て来る。『新民主主義論』の冒頭の文章を読むとき、「帰去来の辞」のあの描写を想起することによって、一九三七年当時の状況は、より生き生きと胸に伝わって来るだろう。

春雪

王《おう》安《あん》石《せき》

正月を新春とよぶように、旧暦では正月が春の初めであった。そして二月、三月、この三か月が旧暦の春である。新春にはまだあちこちに雪がのこっている。その雪がとけはじめると、道はぬかるみになる。

北宋のみやこ汴京《べんけい》（河南省開封市《かいふう》）は、道のわるいことで有名であった。雪どけのぬかるみ道を、一頭の騎馬がゆく。馬上にまたがるのは、青年政治家王安石（一〇二一—八六）である。この年、三十九歳。のちに革新的政策いわゆる「新法」をひっさげて宰相となり、敏腕をふるった王安石も、この時はまだ不遇であった。その不遇の身を自嘲した詩の題は「省中」（役所）。七言絶句。二首のうちの一首。

大梁春雪満城泥
一馬常瞻落日帰
身世自知還自笑
悠悠三十九年非

大梁《たいりよう》の春雪　満城の泥
一馬　常に落日を瞻《み》て帰る
身世　自《みずか》ら知り　還《ま》た自ら笑う
悠悠《ゆうゆう》　三十九年の非《ひ》

大梁《たいりよう》は、汴京の古名。戦国時代、魏《ぎ》の都であった時のよび名である。この古いみやこ汴京の春の残雪、それがとけはじめると、町中の道という道はぬかるみになる。

そのぬかるみ道を、一頭の馬、それにうちまたがるのはこの私だが、毎日のように沈みゆく日を見つめながら、役所から家へと帰る。落日をおのれの象徴のように、またおのれをつつむ社会の象徴のように感じつつ。

身世、わが人生の過去の閲歴、それはすべて知りつくしている。それが価値高きものでなかったことを。

そして自嘲するのである。——悠悠たり　三十九年　非なり。「悠悠」は、あてどもないさま。あてどもない三十九年、それはすべて非、ダメであった。ダメな人生だった。

しかし詩人王安石のこの自覚が、やがて政治家王安石を蹶起《けっき》させる。

斜川《しゃせん》に游《あそ》ぶ

陶《とう》淵《えん》明《めい》

今から約千六百年近く前、紀元四〇一年の正月五日、陶淵明（三六五—四二七）は友人たちとともに、故郷栗里《りつり》（江西省）の南にある小渓斜川に遊んだ。今でいえばピクニックである。

その時の感懐を詠んだ「斜川に游ぶ」五言古詩一首を読んでみよう。すこし長いが全詩をかかげ、大意をつかんでいただくために、試訳をあとにつける。

開歳倏五日
吾生行帰休
念之動中懐
及辰為茲游
気和天惟澄
班坐依遠流
弱湍文魴馳
閒谷鳴鷗矯
迥沢散游目
緬然睇曾丘
雖微九重秀
顧瞻無匹儔

歳開《あ》けて　倏《たちま》ち五日
吾が生　行くゆく帰休せんとす
之《これ》を念《おも》えば　中懐を動《ゆる》がし
辰《とき》に及んで　茲《こ》の游《ゆう》を為《な》す
気は和して　天は惟《こ》れ澄み
坐を班《わか》ちて　遠流に依《よ》る
弱湍《じゃくたん》　文魴《ぶんぼう》　馳《は》せ
閒谷《かんこく》　鳴鷗《めいおう》　矯《あ》がる
迥《はる》かなる沢に　游目を散じ
緬然《めんぜん》として　曾丘《そうきゅう》を睇《なが》む
九重《きゅうちょう》の秀《ひい》でたる微《な》しと雖《いえど》も
顧《かえり》み瞻《み》れば　匹儔《たぐい》なし

提壺接賓侶
引満更献酬
未知従今去
当復如此不
中觴縦遥情
忘彼千載憂
且極今朝楽
明日非所求

壺《つぼ》を提《さ》げて　賓侶《ひんりよ》を接し
満を引きて　更《こも》ごも献酬《けんしゆう》す
未《いま》だ知らず　今より去りて
当《まさ》に復《ま》た此《か》くの如くなるべきや不《いな》やを
中觴《ちゆうしよう》　遥かなる情を縦《ほしいまま》にし
彼《か》の千載の憂いを忘れん
且《か》つは今朝《こんちよう》の楽しみを極《きわ》めよ
明日《みようじつ》は求むる所に非《あら》ず

年明けて　たちまち五日
わが命　死へと近づく
それを思えば　胸底は波立ちさわぐ
今のうちに　この気晴らしを——
大気なごやかに　空　澄みわたり
かなたからの流れに沿い　友と坐る

ゆるやかなせせらぎに　背模様のもろこ馳《は》せ
のどやかな谷間に　鳴きかわすかもめ舞う
遠くの沢に　きままな目はしらせ
あてどなく　曾丘《そうきゆう》の岡を眺めやる
九重《ここのえ》の天の高さはないが
見まわせば　ならぶものなし
徳利ぶらさげ　友どちと肩ならべ
なみなみとついで　さしつさされつ
さきのことは　わからぬものよ
またこうして　飲めるかどうか
酒盛りなかば　浮世はなれた気分にひたり
かの千年の憂いも　忘れた
まず今日を　楽しみつくそう
明日という日を　あてにはすまい

わが国にも、元旦を冥土の旅の一里塚とうたう歌があるが、淵明の冒頭の二句、「開歳たちまち五日、吾が生の行くゆく帰休せんとす」は、その発想の先駆といえよう。しかし淵明は、「めでたくもありめでたくもなし」などと悟りや諦観に逃げようとはしない。「且《ま》ずは今朝の楽しみを極めよ、明日は求むる所に非《あら》ず」。

なお、この詩には、やや長い序文がついている。その序、および詩中の語の意味については、小著『陶淵明』(岩波書店「中国詩人選集」四、一九五八年、または、筑摩書房「世界古典文学全集」25、一九六八年)に、ややくわしく説いた。

落梅

陸《りく》游《ゆう》

古来、梅を愛した詩人はすくなくないが、その筆頭に挙げられるのは、宋の陸游(号は放翁、一一二五—一二一〇)であろう。一万首といわれる放翁の詩集(『剣南詩稿』)の中で、梅を詠じた詩は実に多い。

酔折落梅一両枝
不妨桃李自逢時
向来氷雪凝厳地
力幹春回竟是誰

酔うて落梅の一両枝を折る
桃李の自《みずか》ら時に逢うを妨げず
向来《きようらい》　氷雪《ひようせつ》の凝《こ》ること厳しき地に
力《つと》めて春の回《かえ》るを幹《すす》むるは竟《つい》に是《こ》れ誰ぞ

酒の酔いにまかせて、散り残る梅のひと枝ふた枝を手折ってみた。桃やすももがほどよい季節を自らえらんで花咲かせるのを、とやかくはいうまい。しかし、「向来」、かねてからそうなのだが、氷や雪のきびしくはりつめたこの大地に、花咲く春をよみがえらせようとけなげに努力しているのは、結局は誰なのか。桃でもない。すももでもない。梅ではないか。

「落梅」と題する七言絶句二首のうちの一首である。陸放翁は、梅のこんなところが好きだった。それは彼のきびしい自戒でもあっただろう。だが、次のようなおだやかでほほえましい詩もある。「梅花絶句」六首のうちの一首。さきの「落梅」は六十八歳、これは七十八歳の作。

聞道梅花坼暁風
雪堆遍満四山中
何方可化身千億
一樹梅前一放翁

聞くならく　梅花は暁《あかつき》の風に坼《ひら》くと
雪のごとく堆《うず》たかく　遍《あまね》く四《よ》も山の中に満つ
何の方《すべ》もてか　身を千億に化《わ》け
一樹の梅前に　一放翁たる可《べ》き

梅の花は、明け方の風にふれて一せいに花ひらく、という。その白い花々は、降りつもった雪にも似て、四方《よも》の山にみちみちる。何とかして、この体を千億の分身となし、一つ一つの梅の樹の前に、一人ずつこの放翁を坐らせる、そんな方《すべ》はないものか。

「身を千億に化《わ》け」るという発想は、唐の柳宗元《りゅうそうげん》（七七三—八一九）の七言絶句「浩初上人《こうしょしょうにん》と同《とも》に山を看て京華の親故に寄す」にもとづく。しかし「一樹の梅前　一放翁」（梅前を梅花とするテキストもある）というのは、陸游の独創であり、無数の梅の樹の一本一本の前に、一人ずつ、同じ老人がちょこなんと坐っている図は、空想するだけで楽しい。

人日《じんじつ》

薛《せつ》道《どう》衡《こう》

正月七日は七草がゆをたべる日である。この習慣が中国にはじまることは、梁《りょう》の宗懍《そうりん》の著『荊楚《けいそ》歳時記《さいじき》』などに見える。中国ではこの日をまた「人日《じんじつ》」とよぶ。この日の天候によって人類全体のその年の運勢をうらない、晴れならば吉、曇りならば凶とした、ということから出たよび名である、という。

唐代の失意不遇の詩人高適《こうせき》（七〇六？—六五）が七六〇年代のある年の人日、同じく不遇の境涯を旅先で送っていた詩人杜甫《とほ》に寄せた七言古詩「人日杜二拾遺に寄す」一首はよく知られている。そのなかの二句。

今年人日空相憶　　今年　人日　空《むな》しく相《あ》い憶《おも》う

明年人日知何処　　明年　人日　何処《いずこ》なるかを知らん

簡単な句作りながら、人の運勢をうらなうという この日、暗い運命に抗しがたい日々を送っていた詩人たちの感傷が、よくうつし出されている。

さて、人日と題する詩のうち、比較的よく知られている作品に次の一首がある。作者は、唐の前、隋《ずい》の時代の薛道衡《せつどうこう》（五三九―六〇九）。中国では、あの『三国志』の三国時代のあと、異民族の支配する北方国家と漢民族の南方国家に分断され、いわゆる南北朝時代がしばらくつづく。薛道衡はその北方の国家北斉、北周、および南北を統一した隋の、三代に仕えた高名な学者であった。北方にあって彼は厚遇されたが、隋の時代になって、のちの天子煬帝《ようだい》が父を殺してクーデターをおこしたとき、先帝をたたえる韻文を作って煬帝の怒りにふれ、首をくくって死んだ。

彼が北周に仕えていたころ、南方の国家陳《ちん》に使者として出むき、そこで作ったのが「人日帰るを思う」と題する一首である。

入春纔七日　　春に入って　纔《わず》かに七日
離家已二年　　家を離れて　已《すで》に二年

人帰落雁後　人の帰るは　雁の後に落ちん
思発在花前　思いの発するは　花の前に在り

新春になって今日はまだやっと七日目。ところが私が家をあとにしてから、もう二年目ということになる。――唐の劉餗《りゅうそく》の『隋唐嘉話』というエピソード集によると、おそらくは宴会の席か何かであろう、薛道衡がこの最初の二句を披露《ひろう》したとき、南方の詩人たちはそれ見たことかと軽蔑して鼻で笑った。北虜（北方の蛮族）に詩など作れるものか。この平凡さ、幼稚さを見よ、というわけである。しかしあとの二句を聞いておどろいた。

人の帰るは雁の後に落《おく》る、思いの発するは花の前に在るに。――私が北へ帰れるのは、同じく春になって北の古巣へ帰る雁よりも、あとになってしまうことだろう。帰りたいとの思いは、花さく春よりもっと前から、芽をふいていたのに。

この二句、対句《ついく》として平凡でない。ふつう「雁帰」、「花発」と使われることばを、「人帰」、「思発」とした表現、また、「落」と「在」の対《つい》も非凡である。

薛道衡が生きた時代は、六朝の貴族社会から唐の官僚社会への過渡期であり、修辞過剰の宮廷文学から、内容の充実した詩の黄金時代唐への過渡期である。この詩は短いながらそのことを示しており、またこの五言四句の短詩は、唐になって盛行する「絶句」の先駆でもある。

梅の花

王《おう》安《あん》石《せき》

心あてに　折らばや折らむ　初霜の
おきまどはせる　白菊の花

いわゆる「小倉百人一首」の中の凡河内躬恒《おおしこうちのみつね》の歌である。庭一めんにおりた初霜、その庭先に咲いている白菊の花。白一色の中で、どれが花か。だがあて推量で手折ってみれば、白菊を手折れぬこともあるまい。この歌、理屈であって詩ではない、という批評がある。

理屈っぽいというか、説明的というか、そうした詩は、中国でも宋代になるとあらわれる。たとえば王安石（一〇二一―八六）の五言絶句、題して「梅花」。

牆角数枝梅
凌寒独自開
遥知不是雪
為有暗香来

牆角《しょうかく》　数枝の梅
寒《かん》を凌《しの》いで　独《ひと》り自《みずか》ら開く
遥かに知る　是《こ》れ雪ならずと
暗香《あんこう》の来たる有るが為《ため》なり

牆角、庭の塀のかたすみにある、数枝の梅。寒《かん》をしのいで、きびしい寒さにまけず、ひとりけなげに咲いている。「独《ひと》り」というのは、他の花がまだ開かぬこの時節に、ただひとり、という意味であり、「自《みずか》ら」とは、これもただひとり、自力で、という意味である。

前半二句に、理屈はない。寒中に凛《りん》として咲く梅の姿を、わずか十字で描いて、自然である。理屈は後半に顔を出す。

「遥かに是《こ》れ雪ならずと知るは、暗香《あんこう》の来たる有るが為《ため》なり」。「暗香」とは、どこからともなくただよって来るかおり、目には見えぬかすかなかおりである。遠くから眺めて、それが雪でない、梅の花である、とわかるのは、ひそかにただよって来るかおりのためである。

こうした理屈っぽさは、やや詩味をそぐけれども、詩の黄金時代唐のあとをうけた宋詩の、模索、あるいは実験の一つであった。

抵抗の詩

文《ぶん》天《てん》祥《しょう》

「正気《せいき》の歌」で有名な文天祥（一二三六―八二）は、宋帝国が崩壊する年、祥興《しょうこう》二年（一二七九）の正月十二日、マカオに近い海の船上にいた。侵略者元《げん》の水軍に、捕われの身となっていたのである。元《げん》の将軍は、この高名な抵抗詩人に対し、宋の総大将張《ちょう》世傑《せいけつ》将軍へ降伏勧告の書簡を送るよう、強要した。文天祥は拒否し、かわりに一篇の七言律詩を示した。題して「零丁洋《れいていよう》を過ぐ」という。零丁洋は、この附近の海洋の名である。

辛苦遭逢起一経　　辛苦《しんく》なる遭逢《そうほう》は　一経《いっけい》より起こり
干戈落落四周星　　干戈《かんか》　落落《らくらく》として　四周星

詩はまず困苦にみちた半生を追憶する。辛《つら》い苦しみにみちた私の人生、その遭逢《そうほう》、めぐりあわせは、一冊の経書、それを勉強して科挙の試験に首席で及第した、あのときから始まる。あれは、二十一歳の年であった。人生の苦難は、国家の運命の下降とともに深まり、干戈《かんか》すなわち戦争が本格的に始まったのは、一二七五年、四十歳のとき。元《げん》の大軍によって国土は蹂躙《じゅうりん》され、宋の王室はたちまちにして降伏した。宰相の地位にあった文天祥は、捕虜として獄中につながれたが、機を見て脱走した。以後、落落《らくらく》として、志を得ぬまま、四年の歳月が流れた。「落落」を「寥落《りょうらく》」とするテキストもある。とすれば、この身は落ちぶれて。

文天祥は、脱走後、福州（福建省）に復活した宋の政権に合流し、抵抗運動をつづけたが、また捕われの身となったのである。

山河破砕風抛絮　　山河　破れ砕《くだ》けて　風　絮《わた》を抛《な》げ
身世飄揺雨打萍　　身世　飄《ただよ》い揺《ゆ》れて　雨　萍《うきくさ》を打つ

祖国の山河は、打ちくだかれ、まるで風に吹きとばされる柳の絮《わた》のようだ。「絮《じょ》」は、綿毛をつけた柳の種子をいう。「抛《ほう》」を「飄《ひょう》」、ただよわすとするテキストもある。

そして、私の人生、この身の上も、流れただよい、まるで雨に打たれる浮き草のようだ。「萍《ひょう》」は、水草の一種。「飄揺」を「浮沈」、浮き沈みとするテキストもある。

いま、私は海上にいる。

皇恐灘頭説皇恐
零丁洋裏嘆零丁

皇恐灘《こうきょうたん》の頭《ほとり》に　皇恐を説き
零丁洋《れいていよう》の裏《うち》に　零丁を嘆く

「皇恐灘」、「零丁洋」、いずれも水上の地名である。そしてそのあたりを過ぎる人に、あるいは皇恐（恐怖）を、また零丁（孤独）を感じさせる。

皇恐灘は、江西省を流れる贛《かん》江の難所であり、かつて詩人蘇軾《そしょく》（東坡《とうば》、一〇三六—一一〇一）が広州へ流される途次、ここを通って詩を作り、「地は惶恐と名づけて孤臣を泣かしむ」（「八月七日に初めて贛《かん》に入り惶恐灘を過ぐ」）と詠じたところである。文天祥もまた、その地方を往復した経験をもつ。

いままたそのほとりにいるかのごとくに、元《げん》の将軍は詩人にむかって皇恐（恐怖）、おどかしの言を吐く。そしていま現実にいるこの零丁洋、その海上で詩人は零丁（孤独）、ひとりぼっちの身をなげく。
だが、と、この抵抗詩人は、気をとりなおす。

人生自古誰無死
留取丹心照汗青

人生　古《いにし》えより　誰か死なからん
丹心《たんしん》を留取《りゅうしゅ》して　汗青《かんせい》を照らさん

「丹心」は、まごころ。丹誠、赤心などともいう。「留取」は、しっかりと留《とど》め残すこと。「汗青」は、汗簡ともいい、紙のなかったむかし、竹のふだを火であぶり、青味と油をぬいて、これに字を書いたが、転じて、書物の意。ここは、歴史の書物。

人と生まれて、死なぬものがいるだろうか。むかしから、誰一人として死なななかったものはいないない。いずれ死ぬのなら、敵には屈しまい。死後も、わがまごころだけはしっかりとこの世に留めて、歴史の中に輝かしい名を残そう。

結びの二句の、大意は右のごとくである。この翌月、宋帝国は全面的に崩壊し、文天祥は北京に送られて獄につながれ、三年後、処刑された。

藍関《らんかん》の雪

韓《かん》愈《ゆ》

唐の憲宗（在位八〇五―二〇）は、仏教信者であった。信仰は昂じて、当時鳳翔《ほうしょう》（長安の西方の町）の法門寺の塔に収められていた仏舎利《ぶっしゃり》、ほとけの指の骨と称するものを、宮中に迎え入れることにした。これに猛然と反対したのは、刑部侍郎《けいぶじろう》、今でいえば法務次官の職にあった韓愈（七六八―八二四）である。

韓愈はただちに一篇の上奏文を草して、これを阻止しようとした。

――臣某《しんぼう》、言《もう》す。伏《ふ》して以《おも》んみるに、仏《ほとけ》は夷狄《いてき》の一法のみ。後漢の時より、中国に流入す。上古には未《いま》だ嘗《かつ》て有らざるなり。……

という文章ではじまり、仏教の中国社会に与えた弊害を論じたうえ、

――仏に如《も》し霊あって、能《よ》く禍《わざわい》と祟《たたり》を作《な》さば、凡《およ》そ有《あ》らゆる殃《つみ》と咎《とが》は、宜《よろ》しく臣が身に加うべし。上天、鑒臨《みそなわ》さん。臣は怨み悔《く》いじ。感激懇悃《こんこん》の至りに任《た》うるなし。謹しんで

表《ひょう》を奉《たてまつ》って以聞《もう》す。臣某、誠惶《かしこ》み誠恐《かしこ》みもうす。

と結ぶ上奏文は、「仏骨を論ずるの表」と題して、今にのこる。

この表は皇帝の逆鱗《げきりん》にふれ、韓愈は極刑に処せられようとしたが、側近のとりなしで死刑はまぬがれた。そして、法務次官の職を剝奪されて潮州《ちょう》（広東省潮州）の刺史《しし》（地方長官）に降格される。元和《げんな》十四年（八一九）正月十四日のことである。

みやこ長安から追放された韓愈は、長安の東南三十キロほどの地点にある藍関《らんかん》（藍田関）まで来たとき、一篇の詩を作った。題して「左遷されて藍関に至り、姪孫《てっそん》の湘《しょう》に示す」、七言律詩。「左遷」は、中国古代の右尊左卑の考えから出たことばである。「姪孫」は、兄弟の孫。「湘」は、韓愈の次兄の孫であり、このとき藍関まで見送りに来ていた。谷間の関所は、雪に埋もれていた。

詩は、次のようにうたい出される。

一封朝奏九重天　　一封《いっぷう》　朝《あした》に奏す　九重《きゅうちょう》の天

夕貶潮州路八千　　夕《ゆうべ》に潮州に貶《へん》せらる　路《みち》八千

朝廷の執務、すなわち朝政は、その文字が示すごとく早朝からはじまる。宮廷は、九つの門をくぐった奥にあり、それは九層の構造をもつとされる天にかたどったものだという。その九重《ここのえ》の門の奥の宮中に、一封、一通の密封した上奏文をたてまつったのは、朝のことであった。

ところがその夕方、私は潮州に左遷されることとなった。潮州までの道のりは、八千里。あまりにもはやい処断であった。しかも追放される先は、直線距離にしても四千キロあまり。当時の感覚では、文化果つる処である。韓愈は、別の詩（「武関の西に配流の吐蕃《とばん》に逢《あ》う」）でも、「我　今　罪重くして　帰る望みなし、直《ただ》ちに長安を去ること　路八千」とうたう。

だが、韓愈は向こう意気の強い男であった。おのれの行為の正当性を、あくまでも主張する。

欲為聖明除弊事　　聖明の為《ため》に弊事《へいじ》を除《のぞ》かんと欲す
肯将衰朽惜残年　　肯《あえ》て衰朽《すいきゅう》を将《もっ》て残年を惜しまんや

聖明なる天子のために、弊害をなす事柄を取り除こうとしたのだ。

衰え朽ちはてようとするこの身にとって、残された年月、老残の年を惜しむことがあろうか。

このとき、韓愈は五十二歳。わが行為は正義のため、それによって罰を受けようと、残された老いさきは短い、何をくよくよすることがあろうか、というのである。

だが、いま流罪の身となってさしかかった藍関の風光は、きびしい。

雲横秦嶺家何在　雲は秦嶺《しんれい》に横たわりて　家　何《いず》くにか在る
雪擁藍関馬不前　雪は藍関を擁《よう》して　馬　前《すす》まず

秦嶺は、長安の南を走る山脈である。このたびは通常の赴任でないゆえ、家族の同伴は許されていない。妻子はいま越えて来た秦嶺のかなた、長安の都に、残したままである。ふりかえり見れば、雲は秦嶺に横たわりてわが家は何《いず》くにか在る。

季節は新春を迎えたが、山にはまだ雪が残っている。その雪は、ここ藍関の関所を抱擁するように埋めつくして、わが乗る馬もなかなか前へすすもうとしない。雪は藍関を擁して馬は前《すす》まず。

そして、さいごの二句。

知汝遠来応有意　　知る　汝の遠く来たれる　応《まさ》に意あるなるべし
好収我骨瘴江辺　　好《よ》し　我が骨を収めよ　瘴江《しょうこう》の辺《ほとり》に

「瘴江」の瘴は、南方の高温多湿によっておこると考えられていた風土病。病気をおこす原因とされる湿地帯の有毒ガスを瘴気とよぶ。瘴江は固有名詞でなく、瘴気を発する川。家族の同伴はもちろん、その見送りさえ許されぬこのたびの赴任に、お前がわざわざ遠くまで送りに来てくれたのは、きっと何か覚悟があってのことであろう。好《よ》し、英語でいえば、Well. じゃ、瘴気のたちこめるあの南方の川のほとりへ、私の骨をひろいに来てくれたまえ。

韓愈は、死ぬ覚悟であった。だが、翌年、憲宗の死によって追放は解かれ、中央の要職に返り咲く。そして文壇の大御所として、五十七歳で他界した。

この詩、『三体詩』『唐詩選』『唐詩三百首』など唐詩の選本はいずれも載せないが、わが国では、『太平記』に作詩の由来を伝える挿話が見え、韓愈の詩の中で最もよく知られている。

上元《じょうげん》　　陳《ちん》烈《れつ》

お中元の風習は、今もさかんである。ところで「中元」というかぎり、「上元」や「下元」もあるのではないか、という疑問が当然わく。事実、ある。一月十五日を上元、七月十五日を中元、十月十五日を下元という。中国では、上元の祭が最もにぎやかであった。その晩は元宵《げんしょう》といい、街じゅうに灯籠《とうろう》がともされ、山車《だし》がくり出す。詩人たちは、この日のにぎわいを、しばしば詩の題材にした。たとえば、宋の蘇軾《そしょく》（一〇三六―一一〇一）の、「上元、楼上に侍宴《じえん》して、同列に示す」、七言絶句。

薄雪初消野未耕　　薄《うす》き雪は　初めて消えて　野は未《いま》だ耕さず

売薪買酒看升平
吾君勤倹倡優拙
自是豊年有笑声

薪《たきぎ》を売り　酒を買いて　升平《しようへい》を看《み》る
吾が君は　勤倹《きんけん》にして　倡優《しようゆう》は拙《つたな》きも
自《おのずか》ら是《こ》れ　豊年にして　笑声あり

正月十五日、旧暦では春とはいえ、あわ雪が消えそめたばかりで、野良仕事もまだ始まっていない。近在からやって来た農民は、かついで来た薪《たきぎ》を売って酒にかえ、太平の世の都見物である。

当時、詩人が礼部尚書、文部大臣として仕えていたのは、青年皇帝、哲宗《てつそう》であった。その吾が君が、勤倹をむねとなさるためか、だしものの芝居を演ずる俳優たちの芸は、どれもみなまずい。芝居三昧というわけにいかず、俳優の演技が練れていない。しかし、そこはそれ、豊年のあとの正月だ。笑いさんざめく声がわきあがる。

まことにけっこうな風景である。

ところで、この日からほぼ十年ほど前の、同じ元宵節の夜、福州（福建省福州市）の街の大灯籠に、一篇の詩が落書きふうに書きつけられていたという話がある。作者は陳烈なる男であった。

富家一碗灯
太倉一粒粟
貧家一碗灯
父子相聚哭
風流太守知不知
惟恨笙歌無妙曲

富家　一碗の灯
太倉　一粒の粟《りゅうぞく》
貧家　一碗の灯
父子相《あ》い聚《あつ》まりて哭《こく》す
風流の太守　知るや知らずや
惟《た》だ恨む　笙歌《しょうか》に妙曲なきを

金持ちの家では、おわん一杯の灯油など、大きな倉庫のすみの一粒の米ぐらいなもの。それにひきかえ、貧乏人の家では、おわん一杯の灯油をさし出すとなると、父子《おやこ》が顔をよせあって泣きの涙。

風流の太守、それは福州の長官劉瑾《りゅうきん》。元宵節をにぎやかに祝うため、各戸ごとにおわん十杯分の灯籠の油を供出するよう、命令を下した。昼もあざむく福州の夜、というアイデアを思いついた風流の太守どの。貧乏人のことをご存知ですか。うむ、今夜は残念、笙《ふえ》にあわせるよき曲がないな、などとのたもうてござるが。

蘇軾と陳烈、二つの詩は、社会の二つの面、さらには社会を見る二種の眼を、灯籠のようにうつし出している。

陳情

秦《しん》観《かん》

安サラリーの公務員の生活が、どんなものであったか。詩も宋代になると、こうしたことが題材になる。

官の身は　常に欠《か》く　読書の債《さい》
禄米　供《きょう》せず　酒を沽《か》うの資《し》

（陸游「仮中、戸を閉ずること終日、偶《たま》たま絶句を得たり」）

本屋にはいつも借金、安サラリーでは酒も飲めない、というのが実状であったらしい。いささかの詩的誇張はあるにしても。

ここでは、右の詩の作者陸游の親が、息子に命名するとき、その名前を拝借したといわれる北宋の詩人秦観（観が名、字《あざな》は少游、一〇四九―一一〇〇。陸游は、游が名、字は務観、一一二五―一二一〇）、その秦観が近所に住んでいた大臣におくった七言絶句を紹介しよう。題して「春日偶題、銭尚書に呈《てい》す」。秦観は先生の蘇軾《そしょく》（東坡《とうば》）のあっせんで図書寮の編修官となった。都に出て三年、この安サラリーでは暮らせたものではない。

三年京国鬢如糸　三年の京国　鬢《びん》は糸の如し
又見新花発故枝　又《ま》た見る　新花の故《ふる》き枝に発《ひら》くを
日典春衣非為酒　日《ひ》び春衣を典《てん》するは　酒の為《ため》に非《あら》ず
家貧食粥已多時　家貧しくして　粥《かゆ》を食らうこと　已《すで》に多時なり

京国は、首都。やはり都会は物価も高い。気苦労も多い。三年間の都の生活で、鬢の毛は、糸、すなわち絹糸のような、白髪になってしまいました。私はまだ四十すぎですぞ。

三年目の春、古い枝にはまた新しい花が咲きはじめ、それをこの目で眺めることになりました。

そして、第三句、「日び春の衣を典《しち》れするは酒のために非《あら》ず」。これはもちろん杜甫の詩「曲江」をふまえている。杜詩にいう、

朝《ちょう》より回《かえ》りて　日日　春の衣を典《しち》れし
毎日　江《かわ》の頭《ほとり》に　酔《よ》いを尽《つ》くして帰る

そううたった杜甫のようにけっこうな（?）ご身分ではないのです、この私は。家貧しくして粥《かゆ》を食らうこと已《すで》に多時なり。貧乏のためお粥をすするようになってから、もうずいぶんたちます。何とかなりませんか。

この詩をうけとった大臣は、米二石をめぐんでくれた、という。昇給はしなかったが、陳情の効果はちょっぴりだがあった、というわけである。

酒を勧《すす》む

于《う》鄴《ぎょう》

唐も末のころ、于鄴（八一〇—？）という詩人がいた。よびなを武陵《ぶりょう》という。有名な李商隠《りしょういん》より二年先輩である。みやこ長安の郊外杜曲《ときょく》という所の出身で、宣宗の大中年間（八四七—五九）に進士の資格をえた。資格はえたものの、官僚の社会になじまず、各地を放浪したあげく、嵩山《すう》（河南省登封県）の南に隠退した、といわれる（『唐才子伝』）が、くわしい伝記はわからない。この詩人に、友人との別れの宴で作ったと思われる「酒を勧む」と題する五言絶句がある。

勧君金屈巵　　君に勧《すす》む　金屈巵《きんくつし》
満酌不須辞　　満酌《まんしゃく》　辞するを須《もち》いず
花発多風雨　　花発《ひら》けば　風雨多し
人生足別離　　人生　別離足《た》る

「金屈巵」は、把手《とって》のついた金属製の盃。「満酌」は、盃になみなみとつぐこと、またなみなみとつがれた盃。「不須」は、必要がない、いらない。さいごの句、「人生足別離」の足は、たっぷりとあること、過剰にあること。

私がこの詩を知ったのは、二十年あまり前、井伏鱒二氏の訳を通じてであった。

コノサカヅキヲ受ケテクレ
ドウゾナミナミツガシテオクレ
ハナニアラシノタトヘモアルゾ
「サヨナラ」ダケガ人生ダ

当時、私はとてもこの訳が気に入って、毎晩のように友だちと飲み歩きながら、「花ニ嵐ノタトヘモアルゾ、サヨナラダケガ人生ダ」とどなっていた。

井伏氏の訳は、一九四八年、河出書房刊『詩と随筆』で見た。もう一首だけ紹介しておこう。同じく唐代の詩人高適《こうせき》（七〇六？—六五）の「田家春望」——田舎の春のながめ、と題する一首とその訳である。

出門何所見　ウチヲデテミリヤアテドモナイガ
春色満平蕪　正月キブンガドコニモミエタ
可嘆無知己　トコロガ会ヒタイヒトモナク
高陽一酒徒　アサガヤアタリデオホザケノンダ

正確ということでいえば、もちろん難点がないではない。しかしここには原詩に触発された訳者の詩心がある。「高陽一酒徒」というのは、『史記』の酈食其《れきいき》伝をふまえたことばである。それを「アサガヤアタリデ……」というのは、原意から大いにそれて、らんぼうである。しかし、それはそれとして、訳が詩になっている。

将進《しょうしん》酒《しゅ》　李《り》白《はく》

同じ「酒をすすめる」詩でも李白（七〇一―六二）の楽府《がふ》（歌謡体の詩）「将進酒――将《まさ》に酒を進めんとす」は、とてつもなくスケールが大きい。長篇の歌だが、そのスケールをうかがうため、まず全篇をかかげよう。

君不見黄河之水天上来
奔流到海不復回
君不見高堂明鏡悲白髪
朝如青糸暮成雪
人生得意須尽歓
莫使金樽空対月
天生我材必有用
千金散尽還復来
烹羊宰牛且為楽
会須一飲三百杯

君見ずや　黄河の水　天上より来たるを
奔流《ほんりゅう》し　海に到って　復《ま》た回《かえ》らず
君見ずや　高堂の明鏡　白髪を悲しむを
朝《あした》には青糸の如きも　暮《くれ》には雪と成る
人生　意を得なば　須《すべか》らく歓《かん》を尽《つ》くすべし
金樽《きんそん》をして　空《むな》しく月に対せしむること莫《な》かれ
天　我が材を生ずる　必ず用あらん
千金　散じ尽くすも　還《ま》た復《ま》た来たらん
羊を烹《に》　牛を宰《ほふ》りて　且《か》つは楽しみを為《な》さん
会《かなら》ず須《すべか》らく　一飲　三百杯なるべし

岑夫子
丹丘生
進酒君莫停
与君歌一曲
請君為我傾耳聴
鐘鼓饌玉不足貴
但願長酔不用醒
古来聖賢皆寂寞
惟有飲者留其名
陳王昔時宴平楽
斗酒十千恣歓謔
主人何為言少銭
径須沽取対君酌
五花馬
千金裘

岑夫子《しんふうし》
丹丘生《たんきゅうせい》
酒を進む　君　停《とど》むること莫《な》かれ
君の与《ため》に　一曲を歌わん
請《こ》う　君　我が為《ため》に　耳を傾けて聴け
鐘鼓《しょうこ》　饌玉《せんぎょく》　貴ぶに足らず
但《た》だ長酔を願いて　醒《さ》むるを用いず
古来　聖賢　皆　寂寞《せきばく》
惟《た》だ飲者の其の名を留《とど》むるあり
陳王　昔時　平楽に宴し
斗酒　十千　歓謔《かんぎゃく》を恣《ほしいまま》にす
主人　何為《なんす》れぞ　銭少《すく》なしと言うや
径《ただ》ちに須《すべか》らく沽《か》い取りて　君に対して酌《く》むべし
五花の馬
千金の　裘《かわごろも》

呼児将出換美酒　児《じ》を呼び　将《も》ち出《い》だして　美酒に換《か》えしめ
与爾同銷万古愁　爾《なんじ》と同《とも》に銷《け》さん　万古の愁《うれ》い

スケールの大きさは、まずうたい出しの長い句、またその比喩によって示される。君見ずや、黄河の水の、天上よりながれ来たりて、奔流し、海に到れば、もはや復《ま》た回《かえ》らざるを。君見ずや、高《おく》の堂《ざしき》の明るき鏡のうちに、白髪を悲しむひとあり、朝《あした》には青《くろ》き糸《きぬいと》の如きみどりの黒髪も、夕暮にはしろき雪と成れるを。

かくとどめがたき時間の推移の中で、人生、意に得《かな》うことあらば、須《すべか》らく歓《よろこ》びを尽《つ》くすべし。金《こがね》の樽《さかだる》を、空《むな》しく月に対《さら》すことなかれ。

くよくよめさるな。天、我が材（才）をこの世に生《おく》りだしたまいしかぎり、必ず用いらるるところあらん。千金を散《つか》い尽くすも、還《めぐ》りめぐって復《ま》たかえり来たらん。

いまはただ、羊を煮、牛を宰《りょうり》して、且《ま》ずは楽しみを為《な》さん。会《かなら》ず須《すべか》らく、一飲、三百杯はのみほさん。

岑夫子《しんふうし》、丹丘生《たんきゅうせい》。岑先生よ、丹丘どのよ。

「岑夫子」が誰をさすのか、よくわからない。同時代の詩人岑参《しんしん》は、李白より十四歳年下であり、夫子とよぶはずがない。「丹丘」は、李白の友人、道士の元丹丘《げんたんきゅう》。李白はこの人のことを十数首の詩にうたっている。

岑先生よ、丹丘どのよ。酒を進めたかぎりは、君、停《ことわ》ることなかれ。君らの与《ため》に、一曲を歌わん。請《こ》う、君らよ、我が為《ため》に耳を傾《すま》して聴きたまえ。

鐘《かね》も鼓《たいこ》も、饌玉《せんぎょく》(山海の珍味)も、貴しとするには足らず。但《た》だ長《とこし》えに酔いしれることこそわが願い。醒《さ》めてあるのは無用のこと。

古来、聖人賢者とて、みな寂寞《ひっそり》とそのかげうすし。惟《た》だ飲者のみ、その名を後世に留《とど》めたり。

魏《ぎ》の陳思王曹植《そうしょく》は、その昔、平楽の御殿に宴《うたげ》せり。そのときの詩(「名都篇」)に、「帰り来たって平楽に宴《えん》し、美酒　斗　十千」。一斗一万銭の美酒を飲み、恣《ほしいまま》に歓《たの》しみ謔《ふざ》けたりという。

その故事にならって、宴席の主人、銭が少《た》らぬなどとどうして言おう。径須《なにはともあ》れ沽《か》い取《もと》め、君に対して酌《しゃく》をせん。

そのためには、五花の馬、すばらしい毛並みの馬、千金の裘《かわごろも》、千金もする白狐の皮衣《コート》、かまうことなし、児《じ》(給仕《ボーイ》)を呼び、これを将《も》たせて、美酒に換《か》えさせ、爾《なんじ》らと同《とも》に銷《け》しとばさん、わが胸のうちなる万古の愁《うれ》い。

何とも豪勢である。ただ、さいごにいう「万古の愁い」という表現が、すこし気になる。李白は、どんな憂愁を胸にいだいていたのであろうか。それは、この歌のはじめにいういかんともしがたい時間の推移への悲哀と連なるだろうが、それだけではあるまい。波瀾万丈の生涯の中で経験した幾多の辛酸とも、それはつながるだろう。しかし、それらを、万古の――永遠の――愁いと表現したところに、やはり李白らしさがある。

別れの歌

王《おう》維《い》

友を送る詩、別れの曲として、最も有名な作品の一つに、唐の王維（六九九？―七六一）の「元二の安西に使いするを送る」、七言絶句がある。元二の元は姓、二は兄弟・従兄弟《いとこ》のうち、年齢順（排行という）で二番目。どういう人物かは、よくわからない。安西は、今の新疆《しんきょう》ウイグル自治区のクチャ。当時、安西節度使がおかれ、異民族と接する国防の要衝であった。元二ははるかな新疆へ使節として出発する。その別れの宴が張られたのは、みやこ長安のちかくの町、渭城《いじょう》。秦《しん》の時代の旧都であり、西北へ旅立つ人は、都の北のこの町で送られるならわしがあった。

渭城朝雨浥軽塵　　渭城《いじょう》の朝雨　軽塵《けいじん》を浥《うるお》し
客舎青青柳色新　　客舎　青青　柳色新《あら》たなり
勧君更尽一杯酒　　君に勧《すす》む　更に尽《つ》くせ　一杯の酒
西出陽関無故人　　西のかた　陽関を出《い》ずれば　故人無からん

宴が果てた翌朝のことであろう。ここ渭城の朝の雨は、軽く舞っていたかすかな砂ぼこりもしめらせて、宿をとりまく柳の木々は、あおあおと色をよみがえらせた。
さあ君、もう一杯、飲みほしたまえ。西へ旅して陽関の関所を出てしまえば、もう仲間はひとりもいないんだ。

昨夜別れの宴を張った宿屋、それをとりまく柳の木は、実景の描写であるとともに、別れにさいして柳の枝を手折って渡し、無事をいのるという風習に関係する。陽関は、甘粛省《かんしゅく》敦煌《とんこう》の西南。当時にあっては、中国の西の果ての地と意識されていた。

この詩は、渭城曲、陽関曲、あるいは陽関三畳などとよばれ、別れの宴席でよく歌われた。三畳とは、三度くりかえし歌うこと。さいごの第四句を三度くりかえす、第一句以外をそれぞれ二度ずつくりかえす、など諸説がある。わが国では、

西のかた陽関を出《い》ずれば故人無からん
無からん
無からん
故人無からん

と吟ずることがあり、筆者も宴会の席で耳にしたことがある。

送別

王維

前項に紹介した作品のほか、王維には送別の詩がすくなくない。
たとえば、「山中送別」。テキストによっては単に「送別」と題する五言絶句。

山中相送罷
日暮掩柴扉
春草明年緑
王孫帰不帰

山中　相《あ》い送りて罷《や》み
日暮《にちぼ》　柴扉《さいひ》を掩《おお》う
春草　明年　緑ならんも
王孫　帰るや　帰らずや

「相送」の相は、たがいに、の意ではない。相手を、の意。「柴扉」は、柴を編んでつくった山居のそまつな門。「王孫」は貴顕の人の子弟をいうが、ここでは相手に対する単なる尊称と考えてよい。なお、この「王孫」と、第三句の「春草」とは、『楚辞《そじ》』招隠士に「王孫遊《たび》にでて帰らず、春草生じて萋萋《しげ》れり」と見え、旅に出て帰らぬ人にまつわる縁語であろう。

山中での見送りをすませ、日暮れ方、柴の戸を閉める。

春の草は来年も緑に萌《も》え出ようが、そなたは帰って来るのか、どうか。

別れという、人生のある緊張をともなう局面をうたいながら、王維らしく静寂な詩である。

しかし、同じく「送別」と題する次の詩、五言の古詩は、やや異なる。

下馬飲君酒　馬より下《お》りて　君に酒を飲ましむ
問君何所之　君に問う　何《いず》れの所にか之《ゆ》くと
君言不得意　君は言う　意を得ず
帰臥南山陲　帰りて南山の陲《ほとり》に臥《が》せんと
但去莫復問　但《た》だ去れ　復《ま》た問うこと莫《な》し
白雲無尽時　白雲　尽《つ》くる時無からん

馬からおりて、君に酒をすすめる。さて、君はどこへゆくのか。君はいう、おもしろくないので、南山のあたりに隠居するつもりさ。じゃ、もうゆくんだな。このうえ、何もきくまい。あそこなら、白雲の尽きるときはないだろうからな。

「白雲」は、清潔なものの象徴としていうのであろう。この詩には、「王孫　帰るや　帰らずや」といった心理のたゆたいはない。「但《た》だ去れ　復《ま》た問うこと莫《な》し」。勝手にするがいい。引きとめてもむだだろう。

ただし、この詩にいう「君」とは、あるいは王維自身のことかも知れない。とすれば、詩人の心理の、別のたゆたいが、この詩を生んだともいえる。

紅顔の美少年

劉希夷《りゅうきい》

年年歳歳　花　相《あ》い似たり
歳歳年年　人　同じからず

中国の古典詩には、自然と人生、あるいは自然と人間をうたうときの、いくつかのパターンがある。自然の永遠性と人生の有限性を対比させてうたうもの、自然の推移に人間の生命の推移を重ねあわせてうたうもの、自然のもつ美や充実を人間のそれの比喩象徴としてうたうもの、などなど。

はじめにかかげた句は、第一のパターンに属する。この句は、唐の劉希夷（六五一―八〇？）字《あざな》は庭芝《ていし》の、「白頭を悲しむ翁《おきな》に代わりて」と題する作品に見える。題を「代白頭吟」とするテキストもあり、七言の楽府《がふ》。劉希夷はなかなかの色男で、酒に強く、琵琶の名手であった。この句を思いついて詩の構想をねっていたとき、舅《しゅうと》のこれも高名な詩人宋之問《そうしもん》（六五六？―七一二？）が、その句をおれにゆずってくれぬかといった。劉はいったんは承諾したが、やはり惜しくてならぬ。そこであらためて断ることにした。宋はこれを根にもって、下僕に命じて劉を土嚢《どのう》で圧死させた、という。真偽のほどはわからぬが、この話、元《げん》の辛文房《しんぶんぼう》の『唐才子伝』に見える。さて、一篇は次のようにうたいおこされる。

洛陽城東桃李花　　洛陽の城東　桃李の花

飛来飛去落誰家　　飛び来たり　飛び去って　誰《た》が家にか落つる
洛陽女児好顔色　　洛陽の女児　顔色《がんしょく》好し
行逢落花長嘆息　　行くゆく落花に逢うて　長嘆息す

洛陽は、唐代の首都長安につぐ大都会である。古代の都であり、長安は西京、洛陽は東都とよばれた。その洛陽のまちの東に咲く桃・すももの花。あちらこちらに飛び散って、落ちてゆく先は誰のところか。洛陽の娘たちは、容色すぐれ、散る花に道で出逢うと、深いためいきをつく。

娘たちが嘆くのは、なぜか。

今年花落顔色改　　今年　花落ちて　顔色　改まり
明年花開復誰在　　明年　花開いて　復《ま》た誰か在る
已見松柏摧為薪　　已《すで》に見る　松柏《しょうはく》摧《くだ》かれて薪《たきぎ》と為《な》るを
更聞桑田変成海　　更に聞く　桑田　変じて海と成るを

ことし花が散ると、容色もそれだけおとろえ、来年花の開くとき、幾人が生きていることか。常緑樹といわれる松や柏《このてがしわ》も切り倒されて薪にされ、いちめんの桑畑がいつのまにか青海原に変じてしまう、そうしたことをよく見、耳にして来た。

古人無復洛城東
今人還対落花風
年年歳歳花相似
歳歳年年人不同
寄言全盛紅顔子
応憐半死白頭翁

古人　復《ま》た洛城の東に無く
今人　還《ま》た対す　落花の風
年年歳歳　花　相《あ》い似たり
歳歳年年　人　同じからず
言を寄す　全盛の紅顔子
応《まさ》に憐れむべし　半死の白頭翁を

洛陽のまちの東、あの桃やすももの咲いているあたりに住んでいた昔の人は、今はもういない。そして今また、人々は同じ落花の風を前にしている。

毎年毎年、花は同じように開く。だが毎歳毎歳、花を見る人は同じでない。

今をさかりの紅顔の若者たちに伝えたい。あの死にかけの白髪の翁《おきな》に心を寄せよ、と。

此翁白頭真可憐
伊昔紅顔美少年
公子王孫芳樹下
清歌妙舞落花前
光禄池台開錦繡
将軍楼閣画神仙
一朝臥病無相識
三春行楽在誰辺

此《こ》の翁　白頭　真《まこと》に憐れむ可《べ》し
伊《こ》れ　昔　紅顔の美少年
公子　王孫　芳樹の下《もと》
清歌　妙舞　落花の前
光禄の池台　錦繡《きんしゅう》を開き
将軍の楼閣　神仙を画《えが》く
一朝　病《やま》いに臥《ふ》して　相識《そうしき》なく
三春の行楽　誰《た》が辺《ほと》りにか在る

あの白髪の老人は、まことあわれだけれども、あれでも、昔は、君たちと同じような紅顔の美少年だったのだ。

あの老人のかつての生活、それははなやかなものだった。貴公子や若い王子たちが、かぐわしい花樹のもとにつどい、澄んだ歌声とたおやかな舞いが、落花の前にくりひろげられた。むかし漢の光禄勲（高官の職名）がつくった庭園の池や見はらし台、そこにあやにしきをひろげたような豪華さ。同じく漢の大将軍が邸につくった楼閣、そこに描かれた神仙の図のような世界。

そんな世界で、この老人は暮らしていたのだ。ところが、ある日突然、病魔におそわれた。病《やま》いの床《とこ》についてからは、つきあってくれる知人もなく、春三月《みつき》の楽しかった遊びは、今は誰がやっていることか。

かくて結びの四句には、いう、

宛転蛾眉能幾時　宛転《えんてん》たる蛾眉《がび》　能《よ》く幾時《いくとき》ぞ
須臾鶴髪乱如絲　須臾《しゆゆ》にして鶴髪《かくはつ》　乱れて糸の如し
但看古来歌舞地　但《た》だ看る　古来　歌舞の地
惟有黄昏鳥雀悲　惟《た》だ　黄昏《こうこん》　鳥雀《ちようじやく》の悲しむあるのみ

かたちのよいしなやかな眉の美人も、いつまでその姿をとどめえよう。たちまちにしてツルのような白髪となり、絹糸のようにもつれてしまうのだ。

古来、はなやかに歌舞の演ぜられた場所、そこにまあ目をやってみるがよい。たそがれどき、雀どもが悲しげにさえずっているのが、聞こえて来るだけではないか。

人々は、人生のはかなさを詠じたこの感傷的な詩を読みおわって、また口ずさむ。

年年歳歳　花　相い似たり
歳歳年年　人　同じからず

貧乏神

姚《よう》合《ごう》

むかし中国では、一月の末日、各家庭で大掃除をする習慣があった。家中をきれいにするだけでなく、家に住みついた貧乏神を追い払う、という迷信にもとづくという。

このことをうたった詩に、唐の姚合（七七五―八五五?）の「晦《みそか》の日に窮《きゅう》を送る」と題する五言絶句三首がある。「窮」は、貧乏神。まず、第一首。

年年到此日　　年年　此《こ》の日に到れば
瀝酒拝街中　　酒を瀝《そそ》ぎて　街中《がいちゅう》に拝す
万戸千門看　　万戸千門を看るに
無人不送窮　　人の窮を送らざるものなし

毎年毎年、この日がやって来ると、酒をそそいでおはらいをし、戸外にむかって礼拝する。万戸千門、日本でいえば八百八町、みやこ長安の町並《な》みを眺めわたしてみると、どこの家でも、貧乏神を送る行事をせぬものはない。

「酒を瀝《そそ》ぎて街中に拝す」というのが、具体的にどうすることか、よくわからぬが、貧乏神払いが、どこの家でも一斉におこなわれる行事であったことは、たしかである。次に、第二首。

送窮窮不去　　窮を送るも　窮は去らず
相泥欲何為　　相《あ》い泥《なず》みて　何をか為《な》さんと欲する

今日官家宅
淹留又幾時

今日《こんにち》　官家の宅なり
淹留《えんりゅう》すること　又《ま》た幾時《いくとき》ぞ

貧乏神を追い出そうとするが、貧乏神は出てゆかない。ぐずぐずとして、一体どうしようというのか。「相《あ》い泥《なず》む」の相は、必ずしも相互を意味しない。相手がこちらに対して～する。泥むとは、執着して行動をおこさないこと。

むかしはなるほどお前さまとのつき合いも深かったが、この家は、今はお役人さまのお屋敷ぞ。このうえいつまで居すわるつもりなのだ。長っ尻の、貧乏神め。

そして、第三首。

古人皆恨別
此別恨消魂
只是空相送
年年不出門

古人　皆　別れを恨《うら》めり
此《こ》の別れ　魂を消すを恨む
只《た》だ是《こ》れ　空《むな》しく相《あ》い送るのみ
年年　門を出《い》でず

むかしの人は、みな別れを「恨」んだ、別れを惜しんだものだ。離別というのは、かなしいものとされて来た。ところがどうだ。同じく「恨」みはするものの、この別れ、貧乏神とのお別れは、気落ちさせるのが、恨めしい。「消魂」とは、この場合、あてがはずれてがっくりすること。別れようとするたびに、がっくりさせられる。なぜか。

ただもうこちらが送る行事をするだけで、毎年毎年、相手はいっこうに出てゆかない。三首の連作、「年年……」ではじまり、「年年……」で結ぶところが、一つのみそである。

玉門関

王《おう》之《し》渙《かん》

唐代には、西北の辺境の地を主題にした詩群がある。王之渙（六八八―七四二）の「出塞」、別名「涼州詞」は、その一つである。涼州は甘粛省《かんしゅくしょう》にあり、涼州詞は当時の楽府《がふ》題の一つであって、王翰《おうかん》（六八七?―七二六?）、耿湋《こうい》（七三四―?）などにも、同題の作品がある。

黄河遠上白雲間
一片孤城万仞山
羌笛何須怨楊柳
春光不度玉門関

黄河　遠く上《のぼ》る　白雲の間
一片の孤城　万仞《ばんじん》の山
羌笛《きょうてき》　何ぞ須《もち》いん　楊柳を怨むを
春光　度《わた》らず　玉門関

黄河の流れをはるかにさかのぼってゆけば、その源は白雲のわきたつあたりに姿をかくす。そのあたりにそびえたつ万仞の山、その山上に見える一片の孤城。仞は七尺、また一説に八尺。唐代の一尺は三十センチ余。とすれば、万仞は二万メートルを越える。もちろん詩的誇張である。

この地方には、羌《きょう》族とよばれる遊牧民族が住んでいた。羌笛は、かれらの吹きならす笛。楊柳は、「折楊柳」とよばれる歌曲。旅立ちのときに、柳の一枝を折って手渡し、無事を祈る風習があり、「折楊柳」は別れの曲である。「羌笛　何ぞ須《もち》いん　楊柳を怨むを」。この土地で、羌族の笛の音にのせ、別れの曲「折楊柳」をうらめしげに吹きならすのは、むだというもの。なぜなら、「春光　度《わた》らず　玉門関」。柳を芽ぶかせる春の光も、ここ玉門関の辺境までは、とどいて来ないのだから。

玉門関は涼州の更に西北、甘粛省敦煌《とんこう》の西にある国境の関所である。李白の「子夜呉歌」(秋の巻) にいう、

長安　一片の月
万戸　衣を擣《う》つの声
秋風　吹きて尽《つ》きず
総《す》べて是《こ》れ　玉関の情
……………………

涼州と玉門関、それは出征兵士たちの辛苦と悲哀の代名詞であった。

葡萄《ぶどう》の美酒

王翰《おうかん》

王之渙《おうしかん》と同時代の詩人王翰（六八七?―七二六?）の、題も同じ歌、「涼州詞」。

葡萄美酒夜光杯
欲飲琵琶馬上催
酔臥沙場君莫笑
古来征戦幾人回

葡萄《ぶどう》の美酒　夜光の杯《はい》
飲まんと欲すれば　琵琶《びわ》　馬上に催《うなが》す
酔うて沙場《さじよう》に臥《ふ》す　君　笑うこと莫《な》かれ
古来　征戦　幾人か回《かえ》る

葡萄酒、夜光杯、琵琶。いずれも、もとは異国のものである。そんなエキゾチックな道具立てがよく似あう、ここは西北のさいはての地、砂漠地帯である。

その葡萄の美酒を、夜光の杯、ビイドロのグラスに、なみなみとつぎ、さて飲もうとすると、馬上でかなではじめた琵琶の音《ね》が、さあさ、あおれと、せきたてる。度をすごして酔っぱらい、砂漠の上にぶっ倒れたが、君たち、そう笑いたもうな。むかしから戦《いくさ》に出た兵士の、幾人が生きて帰れたというのか。

この詩、デスペレートな情景をうたいながら、どこかふてぶてしさを感じさせる。これが盛唐の詩のエネルギーというものだろう。

夕《せき》陽《よう》

李《り》商《しょう》隠《いん》

夕日の美しさを詠じた詩は、古来すくなくない。ただ、夕日に対する感覚は、時代によって変化する。夕日を詠じた絶品の一つとされ、また、一種世紀末的時代の様相を最も鋭敏にとらえて形象化したといわれる作品に、晩唐の李商隠（八一二?―五八）の五言絶句、「楽遊原《らくゆうげん》」一首がある。

題を「楽遊原に登る」とするテキストもあるが、楽遊原とは、当時のみやこ長安の南にあった高原の名である。地志によれば、「楽遊原は、京城の最高に居り、四《よ》もの望め寛敞《ひろ》く、京城の内、俯《ふ》し視《み》れば掌《たなごころ》を指《さ》すがごとし」という。また、漢の宣帝（在位紀元前七四―同四九）がここに御苑をつくったといわれる古い歴史をもち、詩中に「古原」というのは、そのためである。

向晩意不適　晩《くれ》に向《なんな》んとして　意《こころ》適《かな》わず
駆車登古原　車を駆《か》って　古原に登る
夕陽無限好　夕陽《せきよう》　無限に好《よ》し
只是近黄昏　只《た》だ是《こ》れ　黄昏《こうこん》に近し

日暮れが近づくと、何か心がみたされぬ。馬車を駆って、古い高原に登った。夕日が、かぎりなくすばらしい。だが、いまは、たそがれの闇の迫る時。

右は、一応の解である。問題はいろいろと残る。ことに、後半の二句。こころみに、この二句について、最近の訳のいくつかをかかげてみよう。

陵《みささぎ》があちこちにある歴史古き高原の空はいましも夕焼に染まり、落日は言い知れぬ光に輝いている。とはいえ、その美しさは、夕闇の迫る、短い時間の輝きにすぎず、やがてたそがれの薄闇へと近づいてゆくのだけれども。（高橋和巳『李商隠』、岩波書店）

どこまでもどこまでもひろがる夕日の美しさ。だが早くもたそがれの薄やみが近づきつつある。（小川環樹『唐詩概説』、岩波書店）

入日の美しさは限りもないが
そのうしろにもう　近づいているたそがれ（前野直彬『唐代詩集』下、平凡社）

かぎりなく　はしき　夕陽や
さはされど　すでに　たそがれ（原田憲雄『中国名詩選』、人文書院）

問題の第一は、「無限好」という表現にある。「夕陽は、好《よ》きこと無限なり」、というのか、「夕陽は、無限にして、好し」、というのか。高橋訳は前者のようであり、前野訳、原田訳も前者、小川訳は後者のようにも読める。二解を図示すれば、次のようになる。

夕陽　無限―好

夕陽＜無限／好

右の二説にとどまらず、第三の解釈も成り立たぬではない。「無限」は夕日の光のひろがりを示すとともに、「好」の副詞としても機能している、との解である。適当な例ではないが、陶淵明の有名な詩句「悠然として南山を見る」の悠然を、作者の態度であるとともに南山のたたずまいでもあるとする解釈に、似る。中国の詩には、そうした解釈を許容する表現が、時にある。

いずれがよいか、今の私には定めがたい。しかし、第三の解（小川訳はあるいはその方向を含んでいるかも知れない）の成立の可能性を、もうすこし追求してみたい気持ちはある。

問題の第二は、さいごの句の「只是」にある。高橋の書はこの語に注して、「そうではあるけれども、しかし、という語気」という。そして訳では前掲のように、「とはいえ」という。小川訳は「だが」といい、前野訳は「限りもないが」、原田訳も「さはされど」という。四者は、訳語こそちがえ、解釈に相異はない。ところがこれに別の意見を提起するのは、入矢義高氏である（集英社版『文選』三、月報）。少し引用が長くなるが、事はこの詩全体の解釈、ひいては李商隠像のとらえ方にもかかわるので、入矢氏の意見をきいてみよう。

最後の句を、私は「只是《ひたすら》に黄昏に近づく」と読む。「只だ是れ」（しかしながら）という詩意の転折を導入しない。いかにも中唐から五代にかけて、「只是」にはこの両様の用法がある。しかし私はここの用法を「一向」（いちずに・ひたむきに）と同義に解する（詩での用法は多くこの意味に傾く）。夕陽の「無限の好さ」は、まさにそれがひたすらに「たそがれの薄闇」（高橋氏の語）へと近づいてゆくところにこそある、とこの詩人は詠じているると見るからである。黄昏に近づく夕陽を惜しんでいるのではなく、むしろそのことにこの「価値ある時間」の集約を見て、詩人の情念はむしろ一種の昂揚すら覚えている。それは彼の「適《かな》わざ」りし意《こころ》にとって、おそらく思い設けぬ救いでもあったに相違ない。

この詩人にとっては、黄昏はマイナス価値のものではなかった。「亡びの美しさ」といっては気障《きざ》であるが、彼の審美感に、衰え消えゆくもの、頽《くず》れ去りゆくものへの耽美的志向があったことは否定できない。

これを読んで、私は、なるほど、と思う。ただこれはエッセイ風の短文なので、「只是」をかく読みうる他の用例、例証があげてない。入矢氏が豊富に用意されているはずの例証の提示を、読者とともに期待する。あわせて、同じ李商隠の「錦瑟《きんしつ》」の詩（夏の巻）の、これも同じく末句に見える「只是」、

　此情可待成追憶
　只是当時已惘然

また同じく五律「月」の、

　姮娥無粉黛
　只是逞嬋娟

この二字の解についても、教示をうけたいと思う。

さて、以上、詩の後半にのみこだわりすぎたが、前半にも、ことばの表面の意味は別とし

て、簡単には読みすごせぬ含意がある。詩人の「意適《こころかな》わざる」時間が、「晩《くれ》に向かわんとする」時間であること、「車を駆る」のは、一種衝動的な行為であること、登ったのが古代の陵《みささぎ》の点在する「古原」であったこと、夕映えのもとに俯瞰されるのが、世界の中心都市、栄華をほこった長安のまちであること、などがそれである。

晩唐を代表するこの詩人について、私は不勉強であり、今は諸説を紹介するにとどめる。

法《ほう》然《ねん》院《いん》

河《かわ》上《かみ》肇《はじめ》

河上肇博士(一八七九―一九四六)に、「洛北法然院十韻」と題する五言長詩がある。博士自筆の色紙によれば、

「壬午《じんご》三月四日遊、後三日、定稿」

とある。しかし博士の日誌(『河上肇晩年の生活記録』、第一書林、一九五八年、のち『河上肇全集』二十三巻所収、一九八三年)によれば、壬午(昭和十七年)三月四日の条に法然院に詣《もう》でた記

録はあるけれどもこの詩は見えず、さかのぼって同年二月二十五日の条に、「夕刻次の一首を得たり」として、この詩の未定稿が見える。そして翌二十六日に、「夜、床の中にて、詩を次の如く改む」として、定稿が記録されている。筑摩叢書『河上肇詩集』が収めるのも、この定稿である。

聞説千年昔
法然此開基
十載重曳杖
三歎聊賦詩
都塵未曾到
湛寂無加之
脩竹掩径並
痩松帯苔攲
池底紅鯉睡
嶺上白雲滋

聞くならく　千年の昔
法然《ほうねん》　此《ここ》に基《もとい》を開くと
十載《じっさい》（十年）をへて重《かさ》ねて杖を曳《ひ》きてきたり
三嘆して　聊《いささ》か詩を賦《つく》る
都塵　未《いま》だ曾《かつ》てここに到らず
湛寂《たんじゃく》なること　之《これ》に加うるなし
脩《なが》き竹は　径《みち》を掩《おお》いて並び
痩《や》せたる松は　苔を帯びて攲《かたむ》く
池の底には　紅《あか》き鯉の睡《ねむ》り
嶺《みね》の上には　白き雲の滋《しげ》し

深院昼猶暗
仏灯如蛍煕
地僻磐韻浄
山近月上遅
絶不見人影
時有幽禽窺
春雨椿自落
秋風梟独悲
酷愛物情静
斯地希埋屍

深院　昼　猶《な》お暗く
仏灯　蛍の如く煕《ひか》る
地は僻《へき》にして　磐韻《ばんいん》　浄《きよ》く
山は近くして　月の上《のぼ》ること　遅し
絶えて人の影を見ず
時に幽《かそ》けき禽《とり》の窺《うかが》うあり
春雨　椿　自《おのず》ら落ち
秋風　梟《ふくろう》　独《ひと》り悲しむ
酷《はなは》だ愛す　物情の静かなるを
斯《こ》の地　希《ねが》わくは屍《しかばね》を埋めん

末尾の「物情」は、物情騒然の物情である。この前年の十二月八日、太平洋戦争が勃発した。

一首は、全体を通してやはり和臭をまぬがれないけれども、なかなかの力作である。前年の日誌、十二月二十四日の条を読むと、そのころすでにこの詩の着想が生まれていたことを

知る。すなわち、

十二月二十四日（水）

今日も好晴にて春の如し。午後ひとり杖を曳きて東山法然院に詣づ。……遠くおぼろげに仏像見え、左右の灯明蛍の如し。……余初めて京都に来り、この寺に詣で、余もし死なばここにこそ肉親の者と親友のみ極めて少数の者のみ集まりて簡単な法要を営《いとな》み貰《もら》はんものと思ひ定めしが、その後京都を出《い》でて、風塵の間に彷徨《ほうこう》すること十有二年、今日計《はか》らずも此の寺に到ることを得て、感慨少からず。……（傍点、引用者）

当時、博士はすでに政治運動からはなれ、閑適の境地に身をおくよう心にきめていたが、この年（昭和十七年）の暮れ、十二月三十日に、この漢詩に付した追記の文章は、やはり『貧乏物語』の著者らしい気骨を示していて、おもしろい。

「この詩を作りし時、法然院には墓地なきものと思へり。後に至り、そこは名家の新しき墓若干あり、三井家（財閥）の墓地またここに移さるる由を聞き、わが屍を埋むるはやはり故郷（山口県）に如《し》かずと思ふに至れり」（括弧内、引用者注）

落第生の歌

孟《もう》　郊《こう》

二月から三月にかけては、大学入試のシーズンである。

中国で入試といえば、かつて白紙答案についての論争などもあったが、過去の中国では、科挙《かきょ》（高等文官試験）にまつわる悲喜劇が、いろいろと伝えられている。

そこでここでは、落第生の心理と、合格者の心境をうたった詩を、紹介しよう。

落第の悲哀をうたう最も早い詩の一つは、盛唐の詩人常建《じょうけん》（七〇八？―六五？）の「長安に落第す」。落第ということばが、当時すでにあったことを示している。というより、そもそも落第の第とは、竹のふだに名前を書きそれを成績順に従って並べたものをいい、元来が科挙にまつわる用語である。常建については、開元十五年（七二七）の進士、との記録がある。とすれば、数え年で二十歳のころにはすでに合格していたわけで、これはそれ以前の詩であり、今の大学受験生の年輩にあたる。

家園好在尚留秦
恥作明時失路人
恐逢故里鶯花笑
且向長安度一春

家園は好在《こうざい》なるも　尚《な》お秦《しん》に留《とど》まり
明時　路を失いし人と作《な》れるを恥ず
恐らくは故里の鶯花《おうか》の笑うに逢《あ》わん
且《しばら》く長安に向《お》いて一春を度《すご》さん

まず、前半の二句。「好在」は、達者、無事というほどの意である。「秦」は、みやこ長安の別名。科挙の最終試験は、みやこでおこなわれる。「明時」は、太平の世、よく治まっている時代。

故郷はちゃんとあるのだが、まだ長安の地にとどまっている。太平の世に、立身の道を失い、迷える人となったのが、恥ずかしい。

そして、後半の二句。花の咲くのを、「笑う」という。「鶯花」は、うぐいすと花、あるいはうぐいすのとびかう枝の花。「向」は、「在」とほぼ同じ前置詞。

このまま帰ったのでは、きっとふるさとの鶯や花に笑われるだろう。まずは長安の町にいて、このひと春をすごすとしよう。

当時の知識人にとって、「落第」は「失路」を意味したのである。

次に、唐代中期の詩人李廓《りかく》（生没年未詳）の一首、題して「落第」。李廓については、元和《げんな》十三年（八一八）に進士科に合格したとの記録があるから、これもそれ以前の作。これまた、ストレートな合格がなかなかむつかしかったことを示している。

膀前潜制涙
衆裏自嫌身
気味如中酒
情懐似別人
煖風張楽席
晴日看花塵
尽是添愁処
深居乞過春

膀前《ぼうぜん》　潜《ひそ》かに涙を制し
衆裏《しゅうり》　自《みずか》ら身を嫌《いと》う
気味　酒に中《あた》れるが如く
情懐　別人に似たり
煖風《だんぷう》　楽席《がくせき》を張り
晴日《せいじつ》　花塵《かじん》を看る
尽《ことごと》く是《こ》れ愁《うれ》いを添《そ》うる処
深く居りて　春を過《す》ごさんと乞《こ》う

「膀《ぼう》」とは、合格者発表の掲示板である。昔も今も発表の日の風景はかわらない。

掲示板の前で、そっと涙をおさえた。おれの名前は、ない。衆目の中で、はげしい自己嫌悪におそわれた。

まるで酒にあたったような、ふつか酔いのような気分、おのれが他人にでもなったような、夢遊病者のような心持ちである。

一方、合格者たちは、あたたかい春風にさそわれて、どんちゃんさわぎの宴席をもうけ、晴れの日をえらんで、舞う花びらを観賞する。

それらを見るにつけ、何もかもがわが愁《うれ》いを深めるばかり、宿にとじこもって、春よ、はやくすぎてくれ、と祈る気持ちだ。

一篇の大意は、右のごときものであろう。今もかわらぬ落第生の心理がよく描写されており、ことに落第とわかったときのショックを、「気味　酒に中《あた》れるが如く、情懐　別人に似たり」というのは、言いえて妙である。

ところで落第をかさねた有名な詩人に、同じく中唐の詩人孟郊（七五一―八一四）がいる。彼は貞元十二年（七九六）、四十六歳でやっと進士の試験に合格したが、それまでに何度か落第の経験をしている。二度目に落第したときの詩、「再《ふた》び下第す」にいう。

一夕九起嗟
夢短不到家
両度長安陌
空将涙見花

一夕《いっせき》　九たび起きて　嗟《なげ》く
夢短くして　家に到らず
両《ふた》び度《わた》る　長安の陌《みち》
空《むな》しく涙を将《もっ》て花を見る

一晩に九回も、ということは何度も何度も、ふとんの上に起きあがって、ためいきをつく。故郷の家へ帰る夢も、そのつど断ちきられて、なかなか家に着けず、目は覚めてしまった。長安の大通りを歩くのも、これで二度目だが、またうつろな涙の目で、みやこの花を見ることになってしまった。

古典の知識と詩文の才能をためす進士科の試験は、なかなかの難関であった。しかし、友人のなかには若くして合格しているものもいる。孟郊のなげきが率直だっただけに、四十六歳でやっと合格したときの詩は、よろこびにあふれている。題して「登科の後」。

昔日齷齪不足誇
今朝放蕩思無涯

昔日　齷齪《あくせく》として　誇るに足らず
今朝　放蕩《ほうとう》として　思い涯《はて》なし

春風得意馬蹄疾　　春風　意を得て　馬蹄疾《はや》く
一日看尽長安花　　一日に看尽《みつ》くす　長安の花

かつての日々、それは受験勉強と合否の心配のために、いらいらこせこせとした、まこと自慢にもならぬ味気ない日々であった。しかし合格の知らせを聞いた今日、しんから解放されて、希望ははてしなく胸にひろがってゆく。
春風を全身にうけて得意この上なく、疾風のごとく馬を走らせて、みやこ長安の名所の花を、一日ですべて見つくしてしまった。

孟郊は同時代の詩人賈島《かとう》（七七九―八四三）とともに「郊寒島痩」――ちぢかんだ孟郊、ひねこびた賈島――などとよばれ、苦吟型の詩人とされるが、さすがにこの詩、苦吟のあとはあまり見られない。落第の詩、及第の詩、この二首が、おそらくは意識して同じ脚韻（嗟・家・花、誇・涯・花）を用いていること、しかし落第の詩は、寸づまりの五言詩、及第の詩は、のびのびとした七言詩、というのもおもしろい。

布《ほ》衣《い》

岑《しん》参《しん》

高校で漢文の授業を好まない生徒がすくなくないのは、むずかしい漢字の羅列や、なじみにくい文体によることもあろうが、教材に説教調のものが多いからではないか。戦後の教科書は、いろいろ工夫が加えられているようだが、それでも説教臭が全く払拭されたとはいえないように思う。

たとえば、入門の部分で、晋《しん》の陶淵明《とうえんめい》（三六五—四二七）について、「雑詩」の次の二句だけが示してある。

及時当勉励　　時に及んで当《まさ》に勉励《べんれい》すべし
歳月不待人　　歳月は人を待たず

この詩のテーマは、人生ははかない、若いうちに大いに酒を飲んで楽しめ、というのであり、この二句も、詩全体の中に位置づけて読むべきことは、かつて別のところで説いた(『漢詩の散歩道』、日中出版)。

また、宋の朱熹《しゅき》(一一三〇—一二〇〇)の七言絶句「偶成」、やはりそのうちの二句だけが、例文として引いてある。

少年易老学難成　　少年　老い易《やす》く　学　成り難《がた》し
一寸光陰不可軽　　一寸の光陰　軽《かろ》んず可《べ》からず

この詩、朱熹の作でないとの説もあるが、朱熹は、学者であるとともに、詩人であることはよく知られている。いかに例文とはいえ、注の形ででも後半の二句をも示しておくべきである。

未覚池塘春草夢　　未《いま》だ覚《さ》めず　池塘《ちとう》春草の夢
階前梧葉已秋声　　階前の梧葉《ごよう》　已《すで》に秋声

「池塘春草の夢」が、六朝の詩人謝霊運《しゃれいうん》（三八五—四三三）の名句「池《いけ》の塘《つつみ》に春の草生じ、園の柳に鳴く禽《とり》のこえ変ず」（「池の上《ほとり》の楼《たかどの》に登る」）にもとづくことまでは示さないまでも、前半の人生哲学的主張とともに、後半の文学的イメージをもあわせ教えた方が、むしろより「教訓的」なのではないか。

戦前の教科書には、必ずといっていいほど日本の僧月性《げっしょう》（一八一七—五八）の作といわれる詩（実は村松文三〈一八二八—七四〉の作）が載っていた。「将《まさ》に東遊せんとして壁に題す」という七言絶句である。戦前だけか、と思っていたが、戦後の教科書をくってみると、やはり載せているものがある。

男児立志出郷関
学若無成死不還
埋骨豈惟墳墓地
人間到処有青山

男児　志を立てて　郷関を出《い》ず
学　若《も》し成る無くんば　死すとも還《かえ》らず
骨を埋むる　豈《あ》に惟《た》だ墳墓の地のみならんや
人間　到る処に　青山あり

「死不還」を「不復還」、「豈惟」を「何期」とするテキストもある。少年よ大志を抱け式の、この種の詩のあることを教える、それはそれでけっこうである。しかし、それだけを教えること、あるいはそれだけが印象にのこるような教え方をすること、それでは片手落ちではないか。人間の精神活動は、よきにつけあしきにつけ、もっと幅がひろい。戦後の教科書は、さすがにこの種のものをより多く載せるというふうにはなっていない。しかし、次のようなしょぼくれた詩は、まず載らない。

唐の詩人岑参（七一五―七〇）の、「戯《たわむ》れに関門に題す」という短詩である。関門は、さきの月性の詩にいう郷関とほぼ同意であろう。

来亦一布衣　　来たるも亦《ま》た一布衣《ほい》
去亦一布衣　　去るも亦た一布衣
羞見関城吏　　羞《は》ずらくは関城の吏を見んことを
還従旧路帰　　還《ま》た旧路より帰れり

「布衣」とは、木綿《もめん》の着物、それを着た人、無官の庶民である。岑参が科挙の試験に合格したのは、三十歳のときであり、この詩はそれ以前の経験をうたうのかも知れない。郷関を出ていったときも、無官の一庶民、帰って来たいまも、同じ無官の一庶民。おそらくは「志を立てて」出ていったのであろうが、「死すとも還《かえ》らじ」などとは、いわない。しおしおと帰って来たのである。何ともしょぼくれていて、平凡である。しかし、「去りしときも一布衣、来たりしときも一布衣」とは、いわない。やはり詩人である。すこし、ひねってある。「来たるも亦《ま》た一布衣、去るも亦た一布衣」。

「関城の吏」とは、故郷のまちをとりかこむ城壁の門、そこの番兵である。顔みしりなのだろう。その番兵と顔をあわせるのが、はずかしい。

「還《ま》た」というのは、やはり。はずかしいけれどもやはり、もとの道を帰っていった。ほかに道はない。おそらくは顔をふせたまま、いつもの道をわが家へと帰っていった。

詩人三好達治は、この詩について、「こんな平凡事であるが、詩は平凡事のうちにもある。結句五文字、人の眼を射るものがあるではないか」といっている（『新唐詩選』、岩波新書）。

教育に説教は避けがたいのかも知れない。しかし、説教の方法は、一様ではない。

春の酒

李白

李白一斗　詩百篇

杜甫がうたった「飲中八仙歌」（冬の巻）の中のこの句は、李白の酒量に驚嘆した表現のように、誤解されているむきがある。しかしこの句の重点は、むしろ下三字「詩百篇」の方にある。当時の一斗は、今のほぼ三升（約五・四リットル）という。酒量でいえば、さして驚くにあたらない。同じ「飲中八仙歌」に、

汝陽《じょよう》（李璡《りしん》）は三斗にして始めて天に朝《ちょう》す

三斗飲んでから、やっと参内《さんだい》したという。また、

　焦遂《しょうすい》は五斗にして方《はじ》めて卓然《たくぜん》たり

五斗飲んで、はじめてしゃきっとする。上には上がいたものである。

李白の酒の見事さは、その飲みっぷり、酔いっぷりにある。「天子呼び来たれども船に上《のぼ》らず」というのが、その本領である。そして李白にとって、酒のない日は、なかった。

　三百六十日
　日日酔うこと泥の如し
　(内《つま》に贈《おく》る)

一年三百六十日、四季をとわず毎日泥酔している、とみずからうたうが、ここでは春の酒をとりあげよう。題して「春の日、酔いより起きて志を言う」、五言古詩。陶然とした気分をうたおうというのではない。「志を言う」、ひと理屈こねようというのである。全十二句は、次のようにうたい出す。

処世若大夢　世に処《お》ること　大いなる夢の若《ごと》し
胡為労其生　胡為《なんす》れぞ　其の生を労《ろう》する
所以終日酔　所以《ゆえ》に　終日酔い
頽然臥前楹　頽然《たいぜん》として　前楹《ぜんえい》に臥《ふ》す

この人生は、かつて荘子《そうじ》もいったように、大きな夢のようなものだ。長くつづく夢の中で、どうしてわが生を労《つか》れさせるのか。むだなことだ。だからわしは、一日中酔っぱらい、正体もなくベランダでごろ寝をするのだ。「前楹」とは、家の正面の左右にある丸い柱。

覚来眄庭前　覚《さ》め来たりて　庭前を眄《み》れば
一鳥花間鳴　一鳥　花間に鳴く
借問此何時　借問《しゃもん》す　此《こ》れ何《いず》れの時ぞと
春風語流鶯　春風　流鶯《りゅうおう》語る

目がさめて、庭先をながめていると、一羽の鳥が花の間で鳴いていた。夢かうつつか、まださだかでない。

そこでちょっとたずねてみた。「借問」とは、ちょっとおたずねする、といった意味で、よく詩の中で自問自答のときなどに使われる。いったい今は何の季節？　すると庭から答がかえって来た。春風の中を飛びかううぐいすの声。ああそうか、春だったのか。

感之欲嘆息　之《これ》に感じて　嘆息せんと欲し
対酒還自傾　酒に対して　還《ま》た自《みずか》ら傾く
浩歌待明月　浩歌《こうか》して　明月を待つに
曲尽已忘情　曲尽《つ》きて　已《すで》に情を忘る

ああ春かと、思わずため息をつこうとして、私の手はもう徳利の方にのびていた。酒を前にして、またひとりぐびりぐびりとやっていたのである。陶淵明の詩にも「一觴《しょう》独り進むといえども、杯尽《つ》き壺自《おのずか》ら傾く」（「飲酒」第七）。

ため息を酒とともに飲みくだしてしまった私は、大きな声をはりあげて歌をうたい、明月の出るのを待つことにした。ところが、うたいおわってしまったときには、なぜ歌をうたっていたのか、自分の気持ちがわからなくなっていた。

李白には、嘆息よりも浩歌がふさわしい。そして、浩歌から忘情につながるところが、李白には更にふさわしい。

春興《しゅんきょう》　武《ぶ》元《げん》衡《こう》

過去の中国の政治家は、すべて詩人であることを強要された。詩人にはなれぬまでも、すべての政治家が詩を読み詩を作った。理由はいくつもあろうが、その一、二をあげれば、第一に、儒家の古典である五経の中に、『詩経』が選ばれてあったこと。五経は、過去の知識人必読の書である。理由の第二は、高等文官試験である科挙の試験に、詩文創作の才能をためす科目があったこと。かくて政治家は詩人であることを強制されたのである。科挙のなくなった現代にまで伝統は及び、現代政治家の中にも旧詩を作る人はすくなくない。

中国詩史をながめわたすとき、詩の主たるにない手は、中下層の官僚である。その層に、すぐれた詩人群を発見する。しかし時には、位《くらい》人臣をきわめた人物もいないではない。唐の武元衡（七五八―八一五）は、その一人である。憲宗の元和《げんな》年間（八〇六―二〇）、彼は宰相に昇進したが、その地位にあること八年、反対派のさしむけた刺客に殺された。

ここには「春興《しゅんきょう》」、春の感興、春の思いと題する七言絶句一首を紹介する。

楊柳陰陰細雨晴　　楊柳《ようりゅう》　陰陰《いんいん》　細雨　晴れたり
残花落尽見流鶯　　残花　落ち尽《つ》くして　流鶯《りゅうおう》を見る
春風一夜吹郷夢　　春風　一夜　郷夢を吹き
又逐春風到洛城　　又《ま》た春風を逐《お》いて　洛城に到る

柳の樹がこんもりと葉をしげらせている。降りつづいていた小雨がやんで、空は晴れあがった。

散りのこっていた花も、すべて散り落ちてしまった。そこへ木から木へと飛びかう鶯が姿をあらわした。

以上、第一句と第二句は、四つの景を点出させる。四つの景は、無関係なようであって、無関係でない。第一句では、「陰」と「晴」が、第二句では、「落花」と「流鶯」が、対照的にうたわれ、さらに第一句の景の「静」と、第二句の景の「動」とが、対応する。

そして、第三句。昨夜見た故郷の夢、その夢を、春の風が、花を散らすように吹き散らしてしまった。

第四句。吹き散らされた夢の中の私は、またもや春風のあとを追いかけて、この洛陽の町へ帰って来た。

短詩型である絶句では、一首の中で同じ文字、同じ単語を二度つかうことを、タブーとする。ところがこの詩、春風ということばを二度つかい、あえてタブーをおかす。あえておかすことによって、春風に故郷の夢が吹き散らされ、眼が覚めたら同じ洛陽にいた、という平凡な発想を、非凡に表現してみせている。非凡ではあるが、やや理に勝ちすぎて感興をそぐといえなくはない。

春《しゅん》暁《ぎょう》

孟《もう》浩《こう》然《ぜん》

春眠不覚暁
処処聞啼鳥
夜来風雨声
花落知多少

春眠　暁《あかつき》を覚《おぼ》えず
処処《しょしょ》　啼鳥《ていちょう》を聞く
夜来　風雨の声
花落つること　知る　多少ぞ

よく知られているこの詩の作者は、唐の孟浩然（六八九―七四〇）である。有名な詩は、解釈の分かれる部分をふくむことが多い。この詩も例外ではない。第三句まではあまり問題はないが、第四句の解が両説に分かれる。一説は、「多少」は多に重点があり、たくさん散ったであろう、の意とし、二説は、「多少」は疑問詞であり、いかほどなるかを知らんや、と解する。唐詩の他の用例に徴すれば、後説がより妥当であろう。それに「花の落つること多《お》少《お》きを知る」では、いささか短絡的で味気ない。

一見のんきそうに見えるこの詩の作者は、生涯不遇の詩人であった。年下の友人であり、また当時の自然詩人としてならび称される王維《おうい》（六九九？―七六一）に寄せた詩「王侍御《しぎょ》に留別す」には、次のようにうたう。

寂寂竟何待
朝朝空自帰
欲尋芳草去
惜与故人違
当路誰相仮
知音世所稀
祗応守索莫
還掩故園扉

寂寂《せきせき》として　竟《つい》に何をか待つ
朝朝　空《むな》しく自《みずか》ら帰る
芳草を尋ねて去らんと欲するも
惜しむらくは　故人と違《たが》わん
当路　誰《たれ》か相い仮《か》さん
知音《ちいん》は　世に稀《まれ》なる所
祗《た》だ応《まさ》に索莫《さくばく》を守って
還《ま》た故園の扉を掩《と》ざさん

作者の心理の屈託をそのままうつして、屈折の多い詩である。

ひっそりと何を待ちうけているのか。朝ごとに出かけてはみるのだが、空虚な気持ちでひとり帰って来る。香り高い草をたずねて田舎へ帰りたいが、残念ながらそれでは君にわるい。――王は孟を官界へ推薦していた。なお、「違」は離れる意にもとれ、それならば、残念なことに君とは別れてしまうことになる。

といって、当路の役人の誰が私に路をゆずってくれよう。知音、真の理解者は、世にまれなもの。ただこの索莫《さくばく》とした孤独を抱いて、また故郷の家にとじこもるほかはあるまい。

詩の大意は、右のごとくであろう。とすれば、うつらうつらと覚めやらぬ春の朝の詩一首も、そのうらにはおだやかでない心情が、あるいは居直りの心理が、あるのかも知れない。「春暁」の詩を官界失業者の居直りの詩か、とする入谷仙介氏の説(『漢詩の散歩道』、日中出版)は、傾聴にあたいする。

なお、「春暁」の詩は古来有名なため、わが国でもいくつかの訳がこころみられて来た。全く味わいのちがう二例のみ、紹介しておこう。

春あけぼのの　うすねむり
まくらにかよう　鳥の声

風まじりなる　夜《よ》べの雨
花ちりけんか　庭もせに
（土岐善麿『新版　鶯の卵』）

ハルノネザメノウツツデ聞ケバ
トリノナクネデ目ガサメマシタ
ヨルノアラシニ雨マジリ
散ツタ木ノ花イカホドバカリ
（井伏鱒二『詩と随筆』）

それぞれに味はあるが、日本人の知恵である訓読法によって原詩をよみ下した方が、やはり余韻がのこる。

春夜

蘇《そ》軾《しょく》

春の朝の詩の次には、春の夜の詩を紹介しよう。

春宵一刻　直《あたい》千金

今でもよく引用されるこの句は、宋の蘇軾（一〇三六―一一〇一）の「春夜」と題する七言絶句に見える。蘇軾は東坡居士《とうばこじ》と号し、北宋の時代、革新政治家王安石《おうあんせき》と対立した保守派の高級官僚であった。北宋詩人の代表の一人であるとともに、散文の面でも「唐宋八大家」の一人にかぞえられる。

「春宵」の宵《しょう》は、宵《よい》の口ではなく、夜の意。「一刻」は、わが国では二時間、現代中国語では十五分をいうが、ここでは水時計の目盛りのひときざみをさし、わずかな時間をいう。

「直」は値と同じ。「一金」は、ふつう重さ一斤の黄金をいう。

春宵一刻直千金
花有清香月有陰
歌管楼台声寂寂
鞦韆院落夜沈沈

春宵一刻　直《あたい》千金
花に清香あり　月に陰《かげ》あり
歌管《かかん》楼台《ろうだい》　声　寂寂《せきせき》
鞦韆《しゅうせん》院落《いんらく》　夜　沈沈《ちんちん》

一刻千金にあたいする春の夜、その高価さを、一つ一つの対象に分けることはできないが、とりわけ清らかな香りをはなつ花、そしておぼろにかすむ月。

さきほどまで歌声や笛の音《ね》がにぎやかにきこえていた高楼《たかどの》からも、今はひそとの声もきこえぬ。昼間は女どもがにぎやかに遊んでいた邸の中庭（院落）のぶらんこ（鞦韆）も、今は静かにたれさがり、夜はしんしんとふけてゆく。

この詩、右のように訳したのでは、原詩のもつ余韻が消えてしまう。とくに第三句、第四句、これは余計な説明をくわえるより、

歌管　楼台　声　寂寂

鞦韆　院落　夜　沈沈

と、中国語の孤立語としての性格をたくみに生かした、原詩のままでよむのがよい。ところで、この種の有名な詩は、あまりにもしばしば鑑賞の対象とされ、人口に膾炙《かいしゃ》することによって、手垢《てあか》がついてしまった感をまぬがれない。

夏の月　蚊《か》を疵《きず》にして　五百両

とうたう其角《きかく》（一六六一―一七〇七）の句や、蜀山人《しょくさんじん》（大田南畝《なんぽ》、一七四九―一八二三）の次の狂歌なども、それに一役買っているのかも知れない。

一刻を千金づつにしめあげて
　六万両の春の曙《あけぼの》

一刻、江戸時代では二時間、その一刻があたい千金（一万両）というのなら、これをひと晩つみあげていって、春の朝をむかえたときは、しめて六万両、というのである。悪ふざけにすぎると怒るのは、大人気《おとなげ》ない。原詩は原詩として今も生きており、なぜこんな句や歌が生まれたかを考えた方が賢明であろう。

春祭　　范《はん》成《せい》大《だい》

宋の范成大（一一二六—九三）に、農村の四季の風物・生活を詠じた「四時田園雑興」六十首の連作がある。いずれも七言絶句で、春日、晩春、夏日、秋日、冬日、それぞれ十二首から成る。ここには「春日田園雑興」のうち一、二の詩を紹介しよう。作者六十一歳の作である。

柳花深巷午鶏声
桑葉尖新緑未成
坐睡覚来無一事

柳花《りゅうか》　深巷《しんこう》　午鶏《ごけい》の声
桑葉《そうよう》　尖新《せんしん》にして　緑未《いま》だ成さず
坐睡《ざすい》より覚《さ》め来たりて　一事なく

満窓晴日看蚕生　　満窓《まんそう》の晴日《せいじつ》　蚕《かいこ》の生まるるを看《み》る

「柳花」は柳の絮《わた》。熟して白毛の生じた柳の種子は、綿のように風に乱れとぶ。その柳のわたのとびかう深い露地奥に、のんびりと昼の鶏の声。畑では桑が鋭くとがった葉の若芽を出しはじめたが、まだ緑蔭をつくるというところまではいかない。

そんな午後、居ねむりからさめたが、さてする事もなし。窓いっぱいにさしこむ日ざしのもとで、蚕が生まれるのをながめていた。

一種俳句風の味わいがあり、范成大のこのたぐいの詩は、同時代の陸游《りくゆう》、楊万里《ようばんり》らの同様の詩とともに、江戸末期に多くの読者をもった。

別の一首。

社下焼銭鼓似雷　　社下に銭を焼きて鼓《つづみ》は雷《いかずち》の似《ごと》く
日斜扶得酔翁回　　日は斜《なな》めに酔いし翁《おきな》を扶《たす》け得て回《かえ》る
青枝満地花狼藉　　青枝は地に満ちて花は狼藉《ろうぜき》せり
知是児孫闘草来　　知んぬ是《こ》れ児孫の草を闘《たたか》わせ来たりしを

村のお社《やしろ》の広場では紙銭を焼き、太鼓が雷のように打ち鳴らされる。楽しかった村祭も終わった。日が傾くころ、祝い酒に酔っぱらったこのじいさんを助けて、家に連れて帰ってくれる。

途中、地面には青い枝がいっぱい散らばり、花もやたらと散りしいている。さては村のチビどもが、草合わせの遊びをやっていたのだな。

「焼銭」とは、銭の形に切った紙を焼いて神仏を祭ること。第二句の「日斜扶得酔翁回」は、晩唐の王駕《おうが》の作とされる詩句、「桑と柘《つげ》の影は斜《なな》めに春の社《まつり》は散《おわ》り、家家は酔いし人を扶《たす》け得て帰る」に似る。

「狼藉」は、狼の巣のしき草のように入り乱れること。「闘草」は、草花を集めてその種類の多さをきそう遊びらしい。

晩春、夏日、秋日、冬日の詩については、のちにそれぞれのところで紹介する。

春陰

蘇《そ》舜欽《しゅんきん》

蘇舜欽（一〇〇八—四八）、字《あざな》は、杜甫と同じ子美《しび》。北宋の欧陽修《おうようしゅう》、梅尭臣《ばいぎょうしん》らと同時代の詩人であり、ともに宋詩の風格を確立するのに貢献した。先輩欧陽修によって、「子美の気は尤《こと》に雄《たけ》だけし」（「水谷を夜行きて子美と聖兪《せいゆ》〈梅尭臣〉に寄す」詩）、あるいは「蘇は豪にして気を以て轢《しの》ぐ」（同上）といわれたように、豪気の人であったが、同時に繊細な神経を持ちあわせないではなかった。次の有名な七言絶句は、そのことを示している。題して「淮《わい》の中にて晩《くれ》に犢頭《とくとう》に泊る」。淮は中国の中央を東流する淮河《わいが》。犢頭《とくとう》は瀆頭《とくとう》、すなわち運河と淮河の合流点のことだろうといわれる。詩人は政敵によって中央の官を追われ、蘇州へ向かう旅路にあった。

春陰垂野草青青

春陰　野に垂れて　草　青青

時有幽花一樹明　時に幽花ありて　一樹　明かるし
晩泊孤舟古祠下　晩《くれ》に孤舟を泊《はく》す　古祠《こし》の下《もと》
満川風雨看潮生　川に満つる風雨に　潮の生ずるを看《み》る

春陰、春のくもり空、それは「春陰　雨を成し易《やす》し」（宋・陸游「春雨」）といわれるように、今にも降り出しそうな湿気をはらんで、野づらに重く垂れさがる。しかしその重圧をはねのけるように、地上の草は青々としげっている。

そして、舟でゆく川筋では、時にひっそりと花を咲かせている樹に出逢う。陰鬱な春の午後、うすぐらい大地の中で、そこだけがぽっと明かるく感ぜられる。

夕暮れ、ひとりぼっちの私の舟を、名も知れぬ古い祠《ほこら》の下に泊《と》めることにした。やがて川面いっぱいに、雨まじりの風が吹きつけ、それにつれて潮のさしのぼって来るのを、私は見ていた。

この詩には、暗さの反面に明かるさが、繊細さの反面に力強さがある。詩人の四十年ほど後輩の黄庭堅《こうていけん》（山谷《さんこく》、一〇四五―一一〇五）は、この詩を愛してよく人に書き与えたという。

春の即興詩

姚《よう》合《ごう》

春には春のよろこびをうたった歌があり、また、春の憂鬱をうたった詩がある。そしてまた、春の憂鬱をやゆし、笑いのめした詩もある。唐の姚合（七七五―八五五？）の五言律詩「春日即事」はその一例であろう。

春来眠不得　　春来たりてより　眠るを得ず
誰復念生涯　　誰か復《ま》た生涯を念《おも》わん

春になってから、どうも眠れない。といって、いまさらわが生涯のことに思いをめぐらしているわけでもない。けっこうこの都の春を楽しんでいるのだ。と詩はうたいおこし、次のようにうたいつがれる。

夜聴四隣楽　夜は聴く　四隣の楽《がく》
朝尋九陌花　朝は尋《たず》ぬ　九陌《きゅうはく》の花
軽煙浮草色　軽煙　草色　浮かび
微雨濯年華　微雨　年華を濯《あら》う

夜は夜で四方からきこえて来る楽《がく》の音《ね》に耳を傾け、朝は朝で九陌、都大路の花をたずねて歩く。うすもやの中に、くっきりと浮かぶ草の色。小雨に洗われた、季節の花々。「年華」はふつう年月、あるいは青年時代のことをいうが、ここは季節の花であろう。そして、詩は次のようにうたいおさめられる。

乞暇非関病　暇《いとま》を乞《こ》いしは　病《やま》いに関するに非《あら》ず
朝衣在酒家　朝衣　酒家に在り

役所づとめに休暇をとったのは、病気になったからではない。通勤用の制服を、飲み屋のかたにとられたからだ。

姚合は、玄宗皇帝のときの宰相姚崇《ようすう》の曾孫。秘書少監にまで昇進し、当時の詩壇のボスの一人だった。

春雲

岑《しん》参《しん》

盛唐の詩人岑参（七一五—七〇）は、辺塞《へんさい》詩人とよばれる。すなわち西北の国境地帯のエキゾチックな風景を詠じた詩人として、高適《こうせき》（七〇六?—六五）とともに有名であった。しかし次のような閑適の詩ものこしている。題して「高官谷口《こうかんこくこう》に鄭鄠《ていこ》を招く」、五言律詩。高官谷は、高冠谷とも書き、陝西《せんせい》省鄠《こ》県にある。みやこ長安の南。作者はその谷の入口に居をかまえていたのであろう。鄭鄠は、鄭という姓の鄠県の知事かとの説もあるが、よくわからぬ。

谷口来相訪
空斎不見君
澗花然暮雨
潭樹暖春雲
門径稀人迹
簷峰下鹿群
衣服与枕席
山靄碧氛氳

谷口　来たって相《あ》い訪《と》うに
空斎《くうさい》　君を見ず
澗花《かんか》　暮雨に然《も》え
潭樹《たんじゅ》　春雲　暖《あたた》かなり
門径《もんけい》　人迹《じんせき》　稀《まれ》に
簷峰《えんぽう》　鹿群《ろくぐん》　下《くだ》る
衣服と　枕席《ちんせき》と
山靄《さんあい》　碧《みどり》　氛氳《ふんうん》たり

この谷間の入口まで訪ねて来てくれたのは鄭君である。「相」の字は必ずしも相互を意味せず、相手のある行為に使う。

鄭君はわざわざ来てくれたが、君、というのは、この家の主人である私、その私はいつもいるはずの書斎にいない。人を招いておいてどこへ行ったのか、山の庵《いおり》は留守である。我を君ということによって、以下にうたわれる谷間の風景は、いっそう客観化される。

「澗花」、谷間の花々は、夕暮れの雨にぬれて、燃え出さんばかりにあかい。「然」は燃と同じ。

谷川の「潭《たん》」、深い淵、そのきわに立つ樹々の、その上には、あたたかそうな春の雲がただよっている。

「門径《もんけい》」、この家の門の小道には、ここまで訪れる人はいないのか、足あともまれである。「簷峰《えんぽう》」、家ののきば近くまで迫った山の峰、そこから鹿の群れが下りて来る。

そんな自然にとりかこまれたこの家の主人の「衣服」と「枕席」、部屋にかけられた着物にも、敷きっぱなしのふとんや枕にも、「山靄《さんあい》」、山のもやが、山のみどりに染まった濃いみどりのもやが、「氛氳《ふんうん》」と、かぐわしく、立ちこめている。

梁園《りようえん》

岑参

岑参の春の詩をもう一首。題して「山房春事」、七言絶句。詩は、漢代の名園のかつての繁栄と今の荒廃を対比させ、その荒廃を知らぬげに春の花を咲かせる自然の無情をうたう。

漢の景帝（在位紀元前一五七―同一四一）の弟、梁王《りょう》は、かつて河南省開封《かいふう》の近くに豪壮な庭園をきずいた。兎園《とえん》といい、また梁園ともいう。王はここにあまたの賓客を招いて、日夜宴を張り、豪遊した。そのさまは、後世の詩の恰好の題材となった。たとえば、李白は、

荊門　屈宋《くっそう》を倒し
梁苑　鄒枚《すうばい》を傾く
（「王判官に贈る云々」）

とうたい、高名の詩人を傾倒させたことをいう。また杜甫も、

酔舞す　梁園の夜
行歌す　泗水《しすい》の春
（「李十二白に寄す」）

とうたう。

さて、岑参の詩。

梁園日暮乱飛鴉　　梁園　日暮　乱飛の鴉《からす》
極目蕭条両三家　　極目　蕭条《しょうじょう》　両三の家

庭樹不知人去尽　　庭樹は知らず　人の去り尽《つ》くすを
春来還発旧時花　　春来たって　還《ま》た発《ひら》く　旧時の花

かつてその豪華さをほこった梁園も今は廃墟。日の暮れ方、廃墟の上を乱れ飛ぶからすの群れ。

「極目」は、見渡すかぎり。「蕭条《しょうじょう》」(xiao-tiao) は韻尾を同じくする擬態語、ものさびしい形容。廃墟に立てば、見渡すかぎりうら枯れて、二、三軒の家がぽつんとあるだけ。

この荒廃の中で、庭園の樹々は、かつて豪遊にあけくれた人びとがすべて死に果てたのも知らぬげに、春が訪れると、また昔のままの花を咲かせる。

晩鴉《ばんあ》と春花の対比が、栄枯盛衰の感慨をいっそう深くしている。

春の化粧

王《おう》昌《しょう》齢《れい》

「閨怨《けいえん》」、閨《ねや》の怨《うら》み、と題する詩、すなわち閨（婦人の部屋）に住む人妻、その怨みをテーマとする詩は、古来すくなくない。その中で、唐の王昌齢（六九八―七五七）の一首、七言絶句は、最も有名な一つであろう。

男女の愛情描写をタブー視するかに見える過去の中国知識人の詩の中で、閨怨というテーマは、その例外の一つであった。王昌齢は李白とほぼ同世代の人で、閨怨詩の名手であるとともに、七言絶句の名手でもあった。ここに紹介する一首は、絶句という形式の、一つの完成度を示す作品でもある。

閨中少婦不知愁　　閨中の少婦　愁《うれ》いを知らず
春日凝粧上翠楼　　春日　粧《よそお》いを凝《こ》らして　翠楼《すいろう》に上《のぼ》る

忽見陌頭楊柳色　忽《たちま》ち見る　陌頭《はくとう》　楊柳の色
悔教夫壻覓封侯　悔《く》ゆらくは　夫壻《ふせい》をして　封侯《ほうこう》を覓《もと》めしめしを

「女《むすめ》は生まれておく深き閨《ねや》に蔵《かく》され、未《いま》だ省《かつ》て牆《へい》や藩《かきね》より（外を）窺《うかが》わず」というのは、宋代の詩句であるけれども、唐代でも詩にうたわれる女性の日常の行動半径は、原則として「閨中」に限られていたのであろう。「少婦」は、若い嫁である。結婚して間もないこの若い嫁は、毎日を閨の中でくらしているが、「愁《うれ》いを知らず」、なやみというものがない。夫は軍隊にとられて留守なのだけれども、それも苦にならない。平気である。娘時代にかえったように、のんきにくらしている。

絶句には、「起承転結」という約束事がある。第一句で起《お》こし、第二句はそれを承《う》け、第三句で転《てん》じ、第四句で結《むす》ぶ。「起」とは、提起することである。この詩の第一句、ヒロイン像を提起して、過不足がない。

そして第二句はこれを「承《う》」けて、ヒロインのある日の姿をうたう。「春の日　粧《よそお》いを凝《こ》らして　翠《みどり》の　楼《たかどの》に上《のぼ》る」。若いお嫁さんの関心事は、お化粧である。あるうららとした春の日、丹念にお化粧をして、二階へあがっていった。「翠楼」は青く塗った高楼《たかどの》だが、一種の詩的美称と考えてよい。春の日にさそわれてお化粧をし、春の日にさそわれて二階へあがってみたのである。別に目的があるわけではない。「春日」の二字が、そのことを示している。

ところが、である。第三句は見事に「転」ずる。「忽」は、「ふと」というのに近い。「陌《はく》」は、街路である。町の通りの頭《ほとり》、そこに芽ぶいている柳のみずみずしい色、それがふと目にはいった。柳が連想させるのは、別れである。別離のときに、道ばたの柳の枝を手折って渡す風習がある。彼女も夫が出征したときに、そうした。手折って渡したのは、あの柳の枝だった。

その思い出が、彼女の胸を暗くした。何のくったくもないのんきな毎日を送っているこの若い嫁は、夫が出征するとき、元気でいってらっしゃい、手柄を立ててきてね、とでもいったのだろう。「封侯《ほうこう》を覓《もと》む」とは、大名にとりたてられるほどの格段の手柄を立てることをいう。なぜあんなことをいって送り出してしまったのか。彼女の胸には、後悔の暗い影がよぎった。第四句はそういって、詩全体を「結」ぶ。

若い嫁、春の日、化粧、翠楼、楊柳、それらを背景にして、この詩はある意外性を演出する。それが戦争というものの悲惨さを静かに訴え、絶句という短詩型に過不足のない結晶を与えている。

春怨《しゅんえん》

王昌齢

王昌齢の春の怨みの詩を、もう一首。題して「西宮春怨」、七言絶句。東宮が皇太子の宮殿をさすのに対し、西宮は皇太后の宮殿をさすという。詩題にいう西宮は、漢の時代の長信宮である。漢の成帝（在位紀元前三三—同七）の寵愛をうけた美貌の宮女班婕妤《はんしょうよ》は、やがてライバル趙飛燕《ちょうひえん》姉妹の出現によって寵を失い、長信宮に仕えて、なげきのうちに一生を送る。班婕妤自身の作と伝えられる「怨みの歌」一首は、『文選《もんぜん》』『玉台新詠《ぎょくだいしんえい》』などに見える。

宮廷悲劇のヒロイン班婕妤は、後世多くの詩人によってうたわれたが、王昌齢の「西宮春怨」もその一つである。

西宮夜静百花香　　西宮　夜静かにして　百花香《かんば》し

欲捲珠簾春恨長
斜抱雲和深見月
濛朧樹色隠昭陽

珠簾《しゅれん》を捲《ま》かんと欲して　春恨長し
斜《なな》めに雲和《うんわ》を抱《いだ》きて　深く月を見れば
濛朧《もうろう》たる樹色　昭陽《しょうよう》を隠《かく》す

まずことばの意味を解いておこう。「西宮」とは前出の長信宮である。班婕妤はここで皇太后付きの女官としてくらしていた。天子の愛がさめたあとである。「百花」は長信宮の庭園に咲くもろもろの花。「珠簾《しゅれん》」は真珠のすだれ。「雲和《うんわ》」は楽器琵琶《びわ》の一種。器材を産出する山の名にちなんだ呼称だという。「深く月を見る」、の深くは、様態としてはすだれの奥深くから、心理的にはしみじみと、という両意をふくむであろう。「濛朧《もうろう》」は、うすぐらくおぼろなさま。「昭陽」は昭陽殿。ライバル趙姉妹のうち、妹の趙昭儀が天子からたまわった御殿の名である。

詩はいう、——西宮の夜は静かにふけて、百花の香りが庭いっぱいにただよう。その香りにさそわれて、真珠のすだれをまきあげようとしたが、その手はふととまった。春の恨み、なやましい春に、捨てられた女のなげきはつきぬ。

ななめに雲和の琵琶を抱きかかえて、すだれの奥深く、しみじみと月を眺める。おぼろにかすむ庭の樹々、そのもやのようなしげみが、にくい女、趙姉妹のいる昭陽殿の姿をかくす。おそらく帝《みかど》は今宵もあの宮殿を訪れていることであろう——。

木立にかくされたそのたたずまいが、かえって怨情をかきたてる。

春日　李白を憶《おも》う

杜甫

李白（七〇一—六二）と杜甫（七一二—七〇）は、友人であった。二人が知りあったのは李白四十四歳、杜甫三十三歳のときだったという。それから二年、ある春の日に、みやこ長安にいた杜甫は、揚子江下流の地方を放浪しているはずの、李白のことを思って、一篇の詩を作った。題して「春日李白を憶う」、五言律詩。

白也詩無敵　　白《はく》や　詩　無敵
飄然思不群　　飄然《ひょうぜん》　思い　群ならず

清新庾開府
俊逸鮑参軍
渭北春天樹
江東日暮雲
何時一樽酒
重与細論文

清新　庾《ゆ》開府
俊逸《しゅんいつ》　鮑《ほう》参軍
渭《い》北《ほく》　春天の樹
江東　日暮の雲
何《いず》れの時か　一樽《いっそん》の酒もて
重《かさ》ねて与《とも》に細《こま》かに文を論ぜん

白《はく》よ、そなたの詩は、無敵だ。飄々《ひょうひょう》として、その詩想は、ずばぬけている。

「白也」の也は、親しみをこめたよびかけのことばである。ふつう字《あざな》（李白の字は太白）でよぶべきところを、ここでは、名でよぶ。白よ、そなたの詩は、天下無敵だ。

「飄然」は、世間ばなれしていること、凡俗を超えたさま。凡俗を超えて、「群ならず」、詩人の群れの中でずばぬけている。

もしそなたの詩を、過去の詩人のそれにたとえるとすれば、そのフレッシュさは、庾信《ゆしん》、そのインテリジェンスは鮑照《ほうしょう》。「清新」は詩風の新鮮なこと、「俊逸」は才知のずばぬけていることをいう。庾信は六世紀南朝梁《りょう》代の詩人、北朝の周にとらえられて開府の官（地方長官）

に就任した。鮑照は五世紀南朝宋《そう》の詩人、参軍（方面軍の参謀）はその最終の官。

いま私は渭《い》水《すい》の北、春の日の大樹のもと、そなたは揚子江の東、日暮れどきの浮雲のもと。広大な祖国の西北と東南と、はなればなれになってしまった。「渭水」は長安の北を流れる黄河の支流。「江東」は江南と同じく、揚子江下流南部一帯。

いったいいつになれば、樽の酒を前にして、また以前のような文学論を、あれこれと仔細に詩についての議論を、かわすことができるのだろう。――何《いず》れの時か一つの樽《たる》の酒もて、重《かさ》ねて与《とも》に細《こま》かに文を論ぜん。

この二人の異質な詩人がかわした文学談義の記録は、残念ながらのこっていない。だが、文学を通じて知りあった二人の、友情をたしかめる詩篇は、杜甫に幾篇かのこっている。右は、そのうちの一首である。

一杯一杯また一杯

李白

酒の詩人の双璧《そうへき》は、何といっても陶淵明《とうえんめい》と李白であろう。陶淵明（三六五—四二七）は、その全作品について「篇々酒あり」、どの一篇をとってみても酒のことをうたっているといわれ（梁の昭明太子「陶淵明集序」）、李白の方は、「李白一斗詩百篇、長安市上酒家に眠る、天子呼び来たれども船に上《のぼ》らず、自《みずか》ら称す臣は是《こ》れ酒中の仙なりと」などとうたわれている（杜甫「飲中八仙歌」、冬の巻参照）。

陶淵明の酒にまつわるエピソードは多いが、次の話もその一例である。

「若《も》し先に酔えば、便《すなわ》ち客に語《つ》げていう、我は酔うて眠らんと欲す、卿《きみ》、去るべし、と。其の真率《しんそつ》なること此《か》くの如し」（『宋書』隠逸伝中の陶淵明伝）

この淵明のエピソードをふまえて、李白は一篇の詩を作った。題して「山中にて幽人と対酌《たいしゃく》す」、七言絶句。幽人とは、隠遁者というのに近い。世俗をさけて山奥に住んでいる人。

その幽人とむかいあって酒を酌《く》んだ詩。

両人対酌山花開
一杯一杯復一杯
我酔欲眠卿且去
明朝有意抱琴来

両人　対酌すれば　山花開く
一杯　一杯　復《ま》た　一杯
我酔うて眠らんと欲す　卿《きみ》　且《しばら》く去れ
明朝　意あらば　琴を抱《いだ》いて来たれ

幽人と私と、二人でむかいあって酒を酌んでいると、山の花が開き出す。一杯、一杯、また、一杯。

さしつさされつしていると、山の花が開く、というのもおもしろいが、第二句の、一杯一杯また一杯、この平仄《ひょうそく》を無視した表現は、平易でありつつ、非凡である。

そして第三句、淵明の故事を借用する。「わしは酔うてねむうなった、君はひとまず帰ってくれ」。幽人にそういわれた、というのである。李白は淵明と飲んでいるつもりなのだろう。それにしても、淵明伝のことばをそのまま使いすぎている、と読者が感じたとたん、

明朝　意あらば　琴を抱いて来たれ

と結ぶ。さあ、帰れ、帰れ。明日の朝、気がむいたら、琴でもかかえてやって来い。
李白の世界である。

春日　路傍の情　崔《さい》国《こく》輔《ほ》

遺却珊瑚鞭　珊瑚《さんご》の鞭《むち》を遺却《いきやく》して
白馬驕不行　白馬　驕《おご》りて行かず
章台折楊柳　章台《しようだい》　楊柳を折る
春日路傍情　春日　路傍の情

高校の漢文教科書などには載せないが、有名な詩である。短い詩であるのに、というよりも短い詩であるだけに、かえって一読真意をつかみがたい。

作者の崔国輔は、李白、杜甫らとほぼ同時代の詩人だが、生卒年はわからない。題は「長楽少年行」といい、楽府《がふ》（歌謡）体の詩だが、「長楽」が何をさすのかよくわからない。「少年」は若者、「行」は歌の意である。別に「古意」を題とするテキストもあり、楽府「古意」はふつう男女の愛情をテーマとする。

珊瑚《さんご》をちりばめたぜいたくでいきな鞭《むち》、それをふるって若者は白馬を乗りまわしていた。ところがその鞭を遺却、どこかに置き忘れてしまった。どこに置き忘れたのか、女の所だとする評者もあり、どこかにおとしたのだという説もある。いずれにしろ、鞭なしでは馬はすすまない。驕《おご》りて行《すす》まず、主人をばかにしていうことを聞こうとしない。

若者はいらいらする。場所は章台《しょうだい》、長安の色街である。恰好がつかない。若者は手をのばして、そばの柳の枝を一本手折る。鞭のかわりだ。

時は春の一日、昼さがりか。道ばたを通りかかった女《ひと》、ふと動く若者の心。――春日、路傍の情。

これは大都会長安、退廃をはらんだ繁栄の街ではやった、一種の歌謡曲だったのかも知れない。

春雨

杜甫

放浪の詩人杜甫（七一二―七〇）が、四川の成都に居をかまえたのは、四十八歳から五十一歳までのほぼ三年間であった。この三年間は、憂愁の詩人にとって比較的安定した、幸福な時期であったといわれる。

この時期の作品の一つに、「春夜雨を喜ぶ」と題する五言律詩がある。

好雨知時節　　好雨　時節を知り
当春乃発生　　春に当たりて　乃《すなわ》ち発生す
随風潜入夜　　風に随いて　潜《ひそ》かに夜に入り
潤物細無声　　物を潤《うるお》して　細《こま》かに声なし
野径雲俱黒　　野径《やけい》　雲　俱《とも》に黒く

江船火独明
暁看紅湿処
花重錦官城

江船　火　独《ひと》り明らかなり
暁《あかつき》に　紅《くれない》の湿《しめ》れる処を看《み》れば
花は錦官城に重からん

好《この》ましい雨は、時期をこころえていて、春になってようやく降りはじめる。

「好雨」とは、題に「春夜雨を喜ぶ」というように、人びとの期待をみたす好ましい雨である。「時節」の「時」は、四季すなわち四時の時であり、「節」はいわゆる二十四節気の節。シーズンと、さらにそれを細分した節《ふし》、好雨はそれをよくわきまえている。

「春に当たりて」、まさにこの春に、「乃《すなわ》ち」、ようやく、はじめて、「発生」する。発生とは、物みなの発芽成育することをいうが、ここは雨そのものが主語であろう。

その雨は、風のあとを追って来て、ひそかに夜の世界にしのびこむ。しめやかな風が吹いていたが、夜、ふと気がつけば、いつのまにか降りはじめていた、というのであろう。

その夜の雨は、万物をうるおして、こまやかに音もなく降りつづける。

以上が、詩の前半である。中国の過去の詩は、前半で自然をうたい、後半ではそれに触発されて人事をうたう場合が多い。しかしこの詩は、あくまでも雨そのもの、あるいは雨をふくむ自然そのものを描写の対象とする。ただ、詩人の視野は、より広大な風景へと拡大される。

「野径《やけい》」、野原の小道に、「雲は倶《とも》に黒し」。野の小道をつつむ黒々とした夜景とともに、雲もまた黒々と空をおおう。

「江船」、成都のそばを流れる揚子江の支流にうかぶ船、その船のともし火だけが、黒々とした夜景の中で、ぽつんと明かるい。その明かるさは、この当時の杜甫の心理の象徴であったかも知れない。

そして結びの二句。「暁《あかつき》に紅《くれない》の湿《しめ》れる処を看れば、花は錦官城に重からん」。雨の一夜が明けて、紅色にしっとりとしめったもの、そのしめったもののつらなる処をよく見れば、それは、花々が、わが成都、錦官城に、重たげにぬれて咲いている姿であろう。

結びの二句は、現実ではなく予想であるだけに、かえってリアルである。

なお、「錦官城」の名は、成都が錦《にしき》の名産地であり、それが宮廷に上納されたことから出るという。

この詩については、吉川幸次郎著『杜甫ノート』(新潮文庫)に、周到な解説がある。

春夜　笛を聞く

李白

唐代、洛陽《らくよう》は、西のみやこ長安に対して、東のみやことよばれた。その洛陽に李白が遊んだときの詩、「春夜洛城に笛を聞く」、七言絶句。

誰家玉笛暗飛声
散入春風満洛城
此夜曲中聞折柳
何人不起故園情

誰《た》が家の玉笛《ぎょくてき》ぞ　暗《あん》に声を飛ばす
散じて　春風に入《い》って　洛城に満《み》つ
此《こ》の夜　曲中　折柳《せつりゅう》を聞く
何人《なにびと》か　起こさざらん　故園の情

誰家は、誰と同じ。いったい誰が吹くのか、玉笛、玉《ぎょく》で作った澄んだ音《ね》の笛を。暗《あん》に、夜のやみの中を、ひっそりと、その音は走る。

空《くう》を飛ぶその音は、四方に散って、春の夜風と一つになり、洛陽の街にみちみちる。今夜、笛の調《しら》べに、「折揚柳《せつようりゅう》」の曲が流れた。「折揚柳」は別れの曲である。旅立つ人に柳の枝を手折ってたむける風習、それを詠みこんだ曲である。

この別れの曲を耳にして、望郷の思いをかきたてられぬ人があろうか。「何人《なんぴと》か　起こさざらん　故園の情」。

詩は哀調を帯びつつも、いかにも李白らしく、ダイナミックである。

春の野に

銭《せん》稲《とう》孫《そん》

春日出郊坰
為蒐紫地丁
流連渾不覚
野宿到天明

春日　郊坰《こうけい》に出《い》で
為《ため》に蒐《あつ》む　紫の地丁《ちてい》
流連して　渾《すべ》て覚《おぼ》えず
野宿して　天明に到る

「郊坰《こうけい》」は、郊外。『詩経』魯頌《ろしょう》・魯駉《ろけい》の詩句「坰の野に在り」の古注に、「邑《まち》の外を郊と曰《い》い、郊の外を野と曰い、野の外を林と曰い、林の外を坰と曰う」。「地丁」は、蒲公英《たんぽぽ》の別名。「流連」は楽しみすごして去りがたく、同じ場所に居つづけること。「渾」は、まったく、まるっきり。

この詩、実は『万葉集』に見える山部赤人《やまべのあかひと》の歌の漢訳である。原歌は、

春の野《ぬ》に菫《すみれ》採《つ》みにと来《こ》し吾ぞ野《ぬ》をなつかしみ一夜《ひとよ》宿《ね》にける（巻八・一四二四）

訳者は、銭稲孫氏。銭氏の『漢訳万葉集選』に載せる。その自序（末尾に「一九五六年、中華人民共和国銭稲孫識于北京、時年七十」という）に、「擬古《ぎこ》の句調を以て」「韻訳を試み」たというように、訳もまた一篇の詩、格調のある漢詩になっている。

訳されているのは、右のような短歌だけではない。たとえば、山上憶良《やまのうえのおくら》の有名な長歌「貧窮問答歌」なども、収められている。

風まじり、雨ふる夜の、雨まじり、雪ふる夜は、すべもなく、寒くしあれば、かたしほを、とりつづしろひ、かすゆざけ、うちすすろひて、しはぶかひ、はなびしびしに、……

その訳、

朔風乱夜雨
夜雨雑雪飛
何以禦此寒
舐塩啜糟醅
気冷衝喉咳
涕出鼻歔欷
…………

朔風《さくふう》　夜雨　乱れ
夜雨　雪の飛ぶを雑《まじ》う
何を以て　此《こ》の寒きを禦《ふせ》がん
塩を舐《な》め　糟醅《かすざけ》を啜《すす》る
気冷く　喉《のど》を衝《つ》きて咳《せ》かしめ
涕《はなじるい》出でて　鼻歔欷《すす》る

全篇四十八句の五言古詩である。

訳詩のスタイルは、右二例のような五言型だけではない。四言あり、七言あり、雑言あり、あるものは『詩経』風、また『楚辞』風、そしてまた、「楽府《がふ》」・「古詩」・「近体詩」風と、いろいろに訳し分けられている。たとえば、七言詩の一例。原歌は、よみ人知らずの「物に寄せて思ひを陳《の》ぶる」歌。

難波《なには》人《びと》葦火《あしび》焚《た》く屋《や》の煤《す》してあれど己《おの》が妻こそ常《とこ》めづらしき（巻十一・二六五一）

斎藤茂吉著『万葉秀歌』（岩波新書）のこの歌の解、「難波の人が葦火を焚くので家が煤《すす》けるが、おれの妻もそのやうにもう古び煤けた。けれどもおれの妻はいつまで経つても見飽《あ》きない、おれの妻はやはりいつまでも一番いい」。その漢訳。

難波人家葦作薪　　難波の人家　葦《あし》もて薪《たきぎ》と作《な》し
朝煙暮煙熏以陳　　朝煙暮煙　熏《くすぶ》りて以て陳《ふる》びたり
惟有我家妻一人　　惟《た》だ有り　我が家の妻一人
朝看暮看色常新　　朝《あした》に看《み》　暮《くれ》に看るに　色常に新しき

「朝煙暮煙」、「朝看暮看」、という原歌にはない畳語を用い、それを対応させて、原歌のもつナイーヴさとユーモアを写しえている。

銭氏のこの書、『万葉集』四千五百余首のうち、三百余首を選んで漢訳し、各訳詩の前後に、中国の読者を対象とした必要な注が、簡潔に施されている。発行者は、日本学術会議内日本学術振興会。昭和三十四年（一九五九）刊。訳者が戦前から手がけて完成した労作だが、今では一般に入手しがたいのが、いろいろな意味で、惜しまれる。

春恨

夏目《なつめ》漱石《そうせき》

漱石に「春日偶成」と題する五言絶句十首の連作がある。明治四十五年（一九一二）、漱石四十六歳の作。その第十首にいう。

渡尽東西水
三過翠柳橋
春風吹不断
春恨幾条条

渡り尽《つ》くす　東西の水
三たび過ぐ　翠柳《すいりゅう》の橋
春風　吹いて断《た》たず
春恨　幾条　条《いくじょうじょう》

漢詩人漱石の作品の中で、とくにすぐれたものとはいえないだろうが、後半の句は独特の余韻をただよわせる。

前半の二句は、従来の注者も指摘するように、次に示す明代の詩人高啓《こうけい》（一三三六―七四）の絶句「胡《こ》隠君《いんくん》を尋《たず》ぬ」をふまえている。漱石は、高啓すなわち高青邱《こうせいきゅう》の詩の愛読者であった。

渡水復渡水
看花還看花
春風江上路
不覚到君家

水を渡り　復《ま》た水を渡る
花を看《み》　還《ま》た花を看る
春風　江上の路
覚《おぼ》えず　君が家に到る

胡隠君は、胡という名の隠士。その隠者を訪ねて、作者は川を渡り、また川を渡る。どの岸辺にも花がある。花を見、また花をながめつつゆく。春風の吹く川ぞいの道。長い道のりではあったが、春の風光にさそわれて、いつのまにか君の家にたどりついていた。

一読、何の抵抗も感じない自然の作、といえよう。それをふまえつつ、漱石の詩にはある抵抗感がある。春風吹いて断たず——のどかな春風にも断ち切れぬもの。それは、春恨幾条条——翠柳すなわちみどりの柳の、無数の条条《えだえだ》にこもる、春の恨《うら》み、春のなやみ、春のものおもい。

漱石の漢詩は、文人の詩であるとともに、学者の詩である。後に、吉川幸次郎著『漱石詩注』（岩波新書、一九六七年）が出て、人びとは比較的容易にその作品に近づくことができるようになった。

画の詩

夏目漱石

漱石の漢詩をもう一首。同じく春の詩、七言絶句である。題して「自画に題す」。漱石は、詩とともに画をよくした。みずから描いた画に題した詩である。大正五年（一九一六）、五十歳の作。

唐詩読罷倚闌干
午院沈沈緑意寒
借問春風何処有
石前幽竹石間蘭

唐詩を読み罷《おわ》りて　闌干《らんかん》に倚《よ》る
午院《ごいん》　沈沈《ちんちん》として　緑意　寒し
借問《しゃもん》す　春風　何《いず》れの処にか有ると
石前の幽竹　石間の蘭《らん》

唐人《とうひと》の詩を読んでいたが、それをやめて、窓の闌干《らんかん》にもたれる。闌干にもたれて庭をながめる。まひるどきの中庭は、しんしんと静まりかえって、木々の緑の気配も、ひえびえとしている。「緑意」の語は、他にあまり用例がない。

借問《しゃもん》す、ちょっとおたずねしたいが、といっても、詩の場合、特定の相手があっての設問ではない。自問自答がふつうである。春風は、どこへ行ってしまったのか。庭はひえびえと静まりかえって、そよとの春風もないが……。

ああ、春の風ならば、石前の幽竹と、石間の蘭に。

幽竹、奥まったところにひそやかに生えた竹むら。この語は、唐の銭起《せんき》（あるいは劉長卿《りゅうちょうけい》の作ともいわれる）の詩（「暮春、故山の草堂に帰る」）に、

始めて幽竹を憐《あわ》れむ　山窓の下《もと》
清らかな陰《かげ》を改《か》えずして　我の帰るを待つ

また同じく唐の韋《い》応物《おうぶつ》の詩（「道晏寺主院」）に、

北隣に幽竹あり
潜《もぐ》りし筍《たけのこ》の我が廬《ろ》を穿《うが》つ

などと見える。こんもりと茂った竹むら、という意味でもあるだろう。

漱石の詩、春風の所在を言いえて、妙である。それが画に題した詩だけに、よけいにリアルめいて感ぜられる。——石前の幽竹　石間の蘭。

江南の春

杜《と》牧《ぼく》

中国の江南地方は、揚子江下流の南部一帯、わが国でいえば瀬戸内《せとうち》にあたる。気候温順、風光明媚な農村地帯である。古来、江南の風景のすばらしさを詠じた詩詞はすくなくない。

正に是《こ》れ江南の好風景
落花の時節　又《ま》た君に逢う
（杜甫「江南にて李亀年《りきねん》に逢う」）

江南の好《よ》きこと
風景　旧《も》と曾《かつ》て諳《そら》んず
日出《い》ずれば江《かわ》べの花は紅《あか》きこと火に勝《まさ》り
春来たりなば江の水は緑《あお》きこと藍《あい》の如し
能《よ》く江南を憶《おも》わざらんや
（白居易「憶江南《おくこうなん》」）

人人　尽《ことごと》く説く　江南の好《よ》きを
遊人　只《た》だ合《まさ》に江南に老ゆべし
（韋荘《いそう》「菩薩蛮《ぼさつばん》」）

人びとが口をそろえてたたえる江南の好風景を、晩唐の詩人杜牧（八〇三―五三）は次のようにうたっている。題して「江南の春」。

千里鶯啼緑映紅
水村山郭酒旗風
南朝四百八十寺
多少楼台烟雨中

千里　鶯啼《な》いて　緑　紅《くれない》に映ず
水村　山郭　酒旗の風
南朝　四百八十《はっしん》寺
多少の楼台　煙雨の中《うち》

この詩、杜牧の詩文集である『杜樊川集《とはんせんしゅう》』では「江南道中春望」と題する。江南の旅の道中、春のながめ。

千里　鶯啼いて　緑　紅に映ず

当時の一里は約五百六十メートルだから、千里だと約五百六十キロ。そんなに遠くの鶯の声が聞こえるはずもなく、緑と紅の風光も見えるはずなし、千里は十里の誤りだろうという、きまじめな説がある。これが、道中の、そして、詩であることを、忘れている。「映ず」とは、樹々の緑と花の紅《くれない》とがたがいに照りはえること。

水村　山郭　酒旗の風

川辺の村にも山あいの村にも、飲み屋のしるしの青い旗が風にひるがえる。「郭」は、聚落をとり囲む外ぐるわ、外囲いであり、村自体をも指す。「酒旗」は、飲み屋の看板に使われた青い布《きれ》ののぼり。白居易の「楊柳枝」にも「紅板の江橋　青き酒旗」。

南朝　四百八十《はっしん》寺

唐の前、南北朝の時代、漢民族の南朝は揚子江流域一帯を支配下におき、その都は今の南《ナン》京《キン》にあった。インドから渡来した仏教の盛行する時代であり、とくに梁《りょう》の武帝は都に七百余寺を建立したという。わが京都や奈良を想像すればよい。四百八十はもちろん概数であり、八十を八十《はっしん》と読むのは平仄《ひょうそく》をあわせるため。十《しん》は南方の音であるという。

多少の楼台　煙雨の中《うち》

「多少」は、いかほどの意の疑問詞である。それが、感嘆詞あるいは反語となって、数の多いことを強調する。「楼台」は、たかどの、ものみ台。「煙雨」は、もやのようにけむる小雨。

かく一句ずつ分解してしまうと、全体の味わいは消える。読者は右の語釈をふまえつつ、もう一度原詩にもどって読んでいただきたい。そこには、眼前にひろがる江南の春の好風景と、古い歴史の織りなす、一幅の画がある。

桃と花嫁

詩《し》経《きょう》

桃の花をうたった最も古い詩一首、『詩経』周南の「桃夭《とうよう》」の詩。

桃之夭夭　　桃の夭夭《ようよう》たる
灼灼其華　　灼《しゃく》灼《しゃく》たる其の華《はな》
之子于帰　　之《こ》の子　于《ここ》に帰《とつ》ぐ

宜其室家　　其の室家に宜《よろ》しからん

「夭夭《ようよう》」は、若々しさの形容。「灼灼《しゃくしゃく》」は、咲きほこる姿。「帰《き》」は、嫁《か》の古語。「室家」は、家庭、嫁《とつ》ぎ先の家。——若々しい桃の木よ。咲きほこるその花よ。その花のようなこの娘は、いまお嫁にゆく。さぞかし嫁ぎ先にふさわしい嫁御《よめご》になることだろう、この娘は。詩はすこしずつ言葉をかえつつ、うたいつがれる。

桃之夭夭　　桃の夭夭《ようよう》たる
有蕡其実　　有《げ》にも蕡《ふく》れたる其の実《み》
之子于帰　　之《こ》の子　于《ここ》に帰《とつ》ぐ
宜其家室　　其の家室に宜《よろ》しからん

「有」は、古注によれば、「物を状する詞《ことば》」。「蕡」は、充実したさま。「家室」は、押韻（実《じつ》・室《しつ》）のため第一章の「室家」を転倒させたが、意味は同じ。

桃之夭夭　　桃の夭夭《ようよう》たる
其葉蓁蓁　　其の葉　蓁蓁《しんしん》たり
之子于帰　　之《こ》の子　于《ここ》に帰《とつ》ぐ
宜其家人　　其の家人に宜《よろ》しからん

「蓁蓁」は、葉のよくしげった形容。「家人」は、一家の人。

この四句三章の詩は、中国最古の詩集『詩経』の中でも最も古い部類に属する、紀元前十二世紀頃の作品だという。それだけに、句作りも内容も、至って素朴単純である。しかしここには、以後三千年の中国の詩の原型がある。

まず第一に脚韻。第一章の「華《か》」と「家《か》」、第二章の「実《じつ》」と「室《しつ》」、第三章の「蓁《しん》」と「人《じん》」。偶数句の末尾で押韻するのは、のちの漢魏六朝の古詩、唐以後の近体詩の通例となる。

第二にリズム。一行四字、ということは、中国語の性質上、一行四音節となる。それも、

桃之《タオジ》—夭夭《ヤオヤオ》
灼灼《ジュオジュオ》—其華《チイホア》

というように、二音節プラス二音節という形をとる。『詩経』の詩は、大まかにいえば中

国北方の歌であるが、この北方のリズムを原型として、主として南方のリズムであった二音節プラス一音節、あるいは一音節プラス二音節の形が混合し、後世の五言詩、〇〇／〇〇／〇、または、〇〇／〇／〇〇のリズム、さらに七言詩、〇〇／〇〇／〇〇／〇、または、〇〇／〇〇／〇／〇〇のリズムが生まれた。

第三に、以上のような形式面ではなく、内容の原型。これは桃の歌でなく、花嫁の歌である。桃は花嫁を形容するためにうたわれているにすぎない。人事をうたうために自然の現象を誘い水とすること、これまた中国の詩の伝統的手法であり、その原型をここに見る。

三千年前のこの古朴な詩は、近ごろまで婚礼の席でうたわれていたという。

桃花流水

李白

「笑って答えず」ということばがある。このことばの古い用例は、李白（七〇一―六二）の七言絶句「山中問答」に見える。

問余何意棲碧山
笑而不答心自閑
桃花流水窅然去
別有天地非人間

余《よ》に問う　何の意ぞ　碧山《へきざん》に棲《す》むと
笑って答えず　心　自《おのずか》ら閑《かん》なり
桃花流水　窅然《ようぜん》として去り
別に天地の人間《じんかん》に非《あら》ざる有り

いったいどういうつもりで碧《ふかみどり》の山、奥深い山中にすむのか、と人は私にきくが、私はノーコメント、笑って答えず、ただ私の心はひとりのどかである。
この前半の句は、あきらかに陶淵明《とうえんめい》（三六五―四二七）の詩句（「飲酒」第五首）を意識し、これをひとひねりしたものである。

廬《ろ》を結んで人境に在り
而《しか》も車馬の喧《かまびす》しきなし
君に問う　何ぞ能《よ》く爾《しか》るやと
心遠ければ地も自《おのず》と偏《へん》なり

——人里に庵《いおり》かまえて、しかも車馬のざわめきなし。人はいう、なぜそうなのかと。気の持ちようで、土地もへんぴに。

李白は右の詩句をふまえつつ、「君に問う」といわず、「余に問う」といい、また、淵明のように問いには答えない。「笑って答えず」。

さて、後半の二句。桃の花びらを浮かべた谷川の水は、窅然《ようぜん》と、いずことも知れず、流れ去る。そんなここには、別格の天地がある。人間《じんかん》、人の世とはちがう、別の一天地がある。

谷川に浮かんで流れるのは、何の花びらであってもよい、というわけではない。やはり桃の花びらでなければならない。同じく陶淵明の「桃花源記」、あのユートピア物語をふまえるからである。

かく淵明の発想を一部借りながら、そのエピゴーネンにはならず、簡単なことばだけを選びながら、深い味がある。

花と娘

欧《おう》陽《よう》修《しゅう》

滁《じょ》を環《めぐ》りてみな山なり――滁州のまわりはみな山だ。

この有名な句ではじまる散文は、唐宋八大家の一人、宋の欧陽修（一〇〇七―七二）の「酔《すい》翁亭《おうてい》の記」。彼が滁州の長官、太守として赴任して来たときの作である。

その滁州（安徽《あんき》省滁県）郊外の豊《ほう》山の泉のほとりに、太守欧陽修は一つの亭《あずまや》を築いて、これに「豊楽亭」と名づけた。この地の風物に触発されて作ったのが、七言古詩「豊楽亭小飲」。全十句のうたい出しは、次のようにいう。

造化無情不択物　　造化は無情　物を択《えら》ばず
春色亦到深山中　　春色　亦《ま》た到る　深山の中
山桃渓杏少意思　　山桃《さんとう》　渓杏《けいきょう》　意思少《すくな》きも

自趁時節開春風　　自《おのずか》ら時節を趁《お》いて　春風に開く

造化、すなわち造物主は、感情をもたない。したがって、力を及ぼす対象となるべき物について、よりごのみはしない。公平である。この発想は、たとえば陶淵明《とうえんめい》（三六五―四二七）が「大鈞《たいきん》　私力なし」（「形影神」詩）というのと同じく、中国における伝統的な考え方である。かく自然はえこひいきをしないので、こんな山奥の中へも、春の気配はやって来る。春色にいろどられる日々は訪れる。

山の桃、谷の杏《あんず》、それらには「意思」はない。「意思」は現代中国語で「有意思《ヨウイース》」というときのそれで、おもしろみ、おもむき。「意志」ではない。

奥山の木々の花は素朴で、何の変哲もないものだが、それでも時節につれて、春風とともに、ひとりでに花ひらく。

かくうたったあと、中国の詩の常道として、自然の次には人間が登場する。

看花遊女不知醜　　花を看《み》る遊女は　醜《みにく》さを知らず
古粧野態争花紅　　古粧《こしょう》　野態《やたい》　花の紅《くれない》と争う

人生行楽在勉強　人生の行楽　勉強に在り
有酒莫負琉璃鍾　酒あらば　負《そむ》く莫《な》かれ　琉璃《るり》の鍾《さかずき》に

「遊女」は、芸者ではない。散歩する山の娘たちである。花を見に来た彼女たちは、山だしの百姓娘だが、「醜《みにく》さを知らず」、それはそれとしていずれも美しい。

旧式の化粧、ひなびた姿で、花の紅《くれない》、今を盛りと咲きほこる花たちと、美しさをきそう。

人生の楽しみは、「勉強」にある。この勉強は、日本語の勉強に似て、似ない。むりをすること、むりやりにでもすること。人生の楽しみは応分に、などといわず、むりやりにでも享受すべきである。

酒があれば、それも、ぜいたくな琉璃《るり》の大盃になみなみとつがれてさし出されたら、けっして背をむけてはいけない。ことわってはいけない。娘たちも存分に楽しんでいるではないか。

かくてさいごの二句、あずまやの主人、その名も豊楽亭の主人、すなわち作者みずからを、登場させる。

主人勿笑花与女
嗟爾自是花前翁

主人　笑う勿《な》かれ　花と女《むすめ》と
嗟《ああ》　爾《なんじ》は　自《おのずか》ら是《こ》れ花前の翁《おきな》なり

主人よ、山奥の花と山だしの娘を笑ってはいけない。たかが山の花よ、百姓の娘よ、とばかにしては、いけない。それと同じように、ああ、主人よ、お前もおのれのことを自嘲してはいけない。花にそぐわぬ老人だが、それはそれとして、お前もおのずから一つの存在、「花の前なる翁《おきな》」なのだ。

豊楽亭遊春

欧陽修

豊楽亭の春にちなんで、欧陽修の詩をもう一首。こんどは七言絶句である。題して「豊楽亭遊春」、三首連作の一。

緑樹交加山鳥啼
晴風蕩漾落花飛
鳥歌花舞太守酔
明日酒醒春已帰

緑樹　交《こも》ごも加《くわ》う　山鳥の啼《てい》
晴風　蕩漾《とうよう》して　落花　飛ぶ
鳥歌い　花舞いて　太守　酔う
明日《みょうじつ》　酒醒《さ》むれば　春　已《すで》に帰らん

緑の樹々の間で、山の鳥たちがかわるがわる鳴きかわす声。

さわやかな春風がたゆとうて、散る花が飛びかう。「晴風」は、晴れた日のさわやかな風である。「蕩漾《とうよう》」は、水のただよいゆらぐように、たゆとうさま。

さて、第三句。絶句の通例として、第三句は転《てん》、すなわち変化を与えなければならない。ところがこの詩、第一句の鳥、第二句の花をうけて、「鳥歌い花舞いて」とうたう。「転」の原則を忘れたのかと思うと、そうでもない。下三字に至って、第三の役者が登場する。この地方の「太守」、地方長官、すなわち作者自身である。鳥の声と舞う花にかこまれて、太守どのは酔うてござる。

だがこの楽しみも長くはない。明日の朝、酒の酔いがさめたとき、春はもう去っていよう。平易でおだやかな表現の中に、一沫の哀しさをただよわせる。

吉野《よしの》の桜

藤井《ふじい》竹外《ちくがい》

中国では、「花」とだけいえば牡丹《ぼたん》をさす、といわれる。たとえば宋の欧陽修の『洛陽牡丹記』に、「洛陽の人、……花を某《なに》の花、某《なに》の花、と曰《い》う。牡丹に至りては、則《すなわ》ち名づけず。直《た》だ花とのみ曰《い》う」。また同じく宋代の書物である羅大経《らだいけい》の『鶴林玉露《かくりんぎょくろ》』には、「洛陽の人、牡丹を謂《い》いて花と為《な》し、成都の人、海棠《かいどう》を謂いて花と為す」と見える。時代をさかのぼって、唐代では、花といえば桃の花をさす場合もあったようである。

ところで日本では、花といえば、桜である。そして桜の名所といえば、吉野。その吉野を詠じた日本人の漢詩はいくつもあるが、ここでは、吉野三絶の一といわれた藤井竹外（一八〇七―六六）作「芳野《よしの》に遊ぶ」七言絶句を、紹介しよう。

古陵松柏吼天飈　古陵《こりょう》の松柏《しょうはく》　天飈《てんぴょう》に吼《ほ》ゆ

山寺尋春春寂寥
眉雪老僧時輟帚
落花深処説南朝

山寺　春を尋《たず》ぬれば　春寂寥《せきりよう》
眉雪《びせつ》の老僧　時に帚《ほうき》を輟《とど》め
落花深き処に　南朝を説く

古い御陵《みささぎ》に植えられた松や柏《はく》。柏は、このてがしわ。中国では、松とともに墓地に植えられる風習がある。歳月を経てうっそうと茂る松や柏の林が、天《あま》がける疾風《はやて》に、うなり声をあげる。

御陵のほとりの山寺に春をもとめて訪れると、花は風に散りうせて、春はさみしかった。山寺には、眉にまっ白な雪をおいたような老僧がいて、おりしも散りしく花をはく帚《ほうき》の手をやすめ、深くつもった落花を前に、南朝の物語を語ってくれた。

「眉雪」という語、中国の詩にはあまり用例がない。ただし、たとえば、白楽天の「新豊の折臂翁《せつぴおう》」（冬の巻）に、「頭鬢眉鬚皆雪に似たり」。

南朝は、ここ吉野に行在所《あんざいしよ》をおいた後醍醐《ごだいご》以下四代の天皇の時代をいう。足利氏が擁立した京都の朝廷、すなわち北朝に対する呼称である。南朝の悲劇、それが寂寥たる落花の春にふさわしいものとして、うたわれている。

この詩、第一句に「松柏天飈《しょうはくてんぴょう》に吼《ほ》ゆ」というのは、春の嵐の実景なのであろうが、第二句以下のものさびしさ、静けさに、ややそぐわない。

なお、この詩の発想は、唐の詩人元稹《げんじん》（七七九―八三一）の五言絶句「行宮《あんぐう》」にもとづく、といわれる。

寥落《りょうらく》たり　古行宮
宮花　寂寞《せきばく》として紅《くれない》なり
白頭の宮女　在りて
閒坐《かんざ》して　玄宗《げんそう》を説く

竹外の詩は、それだけ読めばそれなりに一つの雰囲気をもつが、元稹の詩を知るものには、あまりに即《つ》きすぎているごとく感ぜられる。

竹外の名は、啓。竹外はその号、別に雨香仙史とも号した。摂津《せっつ》高槻《たかつき》（大阪）の藩士で、頼山陽《らいさんよう》（一七八〇―一八三二）について詩を学んだという。

鶯衣蝶袖《おういちょうしゅう》

石川丈山《いしかわじょうざん》

京都一乗寺にある詩仙堂は、江戸初期の漢詩人石川丈山（一五八三―一六七二）の旧宅である。今は観光ルートにくみ入れられ、ひっそりと観賞することはなかなかむつかしくなった。丈山は、漢・晋・唐・宋の三十六詩仙の画像を狩野探幽《かのうたんゆう》にえがかせ、これを自宅の壁にかかげた。詩仙堂の名の由来である。

さて、その丈山に、「幽居即事」と題する五言律詩がある。即事とは、事にふれて作った即興の詩という意。

山気殊人世　　山気　人世に殊《こと》なり
常啣太古情　　常に太古の情を啣《ふく》む
四時雲樹色　　四時　雲樹の色

一曲澗泉声
雨湿鶯衣重
風暄蝶袖軽
為詩雖至老
未使鬼神驚

一曲　澗泉《かんせん》の声
雨湿《うるお》して　鶯衣《おうい》　重く
風暄《あたた》かにして　蝶袖《ちょうしゅう》　軽し
詩を為《つく》りて　老いに至ると雖《いえど》も
未《いま》だ鬼神をして驚かしめず

ここ、山の気配は、俗世間とは異なり、いつも太古のような、情感をたたえている。雲のかかる四季それぞれの樹々の色がそうであり、谷に湧く泉のたえまない曲調《しらべ》のごとき音《ね》もまたしかり。

今は春。雨がうぐいすの羽根をしめらせて重たげに、風はあたたかに蝶の翅《はね》にふれて軽やかである。

この山居に住んで、詩を作りつつ老いをむかえたが、わが詩、鬼神を驚かす、というところまでには、なかなかゆかぬ。

第三聯の、

雨湿鶯衣重
風暄蝶袖軽

「重」と「軽」の対《つい》が、やや平板な感じを与えないではないが、全体としてはよく構成された対句《ついく》といえよう。なお、前半の「雨湿鶯衣重」は、宋の陸游《りくゆう》（一一二五―一二一〇）の「新泥添燕戸、細雨湿鶯衣」を意識しているのかも知れない。

結びの句、「未《いま》だ鬼神をして驚かしめず」は、杜甫（七一二―七〇）の句、「詩成って鬼神を泣かしむ」、また、「語もし人を驚かさずんば死すとも休《や》まじ」、などにもとづくであろう。

やまぶき

大槻磐渓《おおつきばんけい》

ある内閣が誕生して、しばらくたつと、ジャーナリズムはこの内閣のことを「総論あって各論なし」だとか、「やまぶき」だとか批評した。「実《み》の一つだになきぞ悲しき」というのだそうである。

江戸築城で名高い室町時代の武将・歌人、太田道灌（一四三二―八六）の故事にまつわる「やまぶき」の歌は、今もよく知られている。あのエピソードを、幕末の史家飯田忠彦（一七九八―一八六〇）が漢文で書いているので、ややくだいた読み下し文にあらためて、紹介しよう。

初め道灌、年弱《わか》くして、勇に誇《ほこ》り武に驕《おご》る。旦《あさ》に暮《ゆう》に山野に畋猟《かり》し、健鳥を殪《たお》し、猛獣を挫《くじ》き、未《いま》だ嘗《かつ》て人情には通ぜず。

或る日、金沢（横浜の地名）の山に狩す。驟雨《にわかあめ》に会い、六浦《むつうら》を過ぎ、一弊廬《あばらや》を訪《と》いて、蓑《みの》を乞《こ》う。応《こた》えなし。須臾《しばらく》して一少女出《い》で、款冬《かんとう》（やまぶき）一枝を視《しめ》し、唯《た》だ微《ほの》かに笑うのみ。道灌、意を解せず。懌《こころみた》されずして帰る。状を臣士に告ぐるに、老士あり、判じて曰《いわ》く、「蓑《みの》なきのみ」と。其の故《ゆえ》を問う。対《こた》えて曰く、

「奈奈返耶返《ななへやへ》、波那半佐久止母《はなはさくとも》、也麻布伎乃《やまぶきの》、美乃比登津駄仁《みのひとつだに》、難幾曾加南之支《なきぞかなしき》」

と。道灌、大いに慚《は》じ悔《くや》み、初めて和歌を学び、遂に奥旨《おうし》を得たりと云《い》う。

（『野史』武臣列伝）

この情景を漢詩に詠んだのは、同じく幕末の儒者、大槻磐渓（名は清崇《きよたか》、一八〇一―七八）で

ある。「道灌、蓑を借るの図に題す」。

孤鞍衝雨叩茅茨
少女為遺花一枝
少女不言花不語
英雄心緒乱如絲

孤鞍《こあん》　雨を衝《つ》いて　茅茨《ぼうし》を叩《たた》く
少女　為《ため》に遺《おく》る　花一枝
少女は言わず　花語らず
英雄の心緒《しんしょ》　乱るること糸の如し

「茅茨」は、あばら家のこと。「心緒」は、気持ち、心の動き。承句と転句がともに「少女」ではじまる難点は別としても、結句の「心緒」と「糸の如し」は、即《つ》きすぎて、かえってこの詩を平凡にしている。

郡守を刺《そし》る　　無名氏

後漢の桓帝《かん》（在位一四六―一六七）のころ、巴郡《は》（四川省重慶を中心とする地方）の太守に李盛《りせい》という人物がいた。税金のとりたてをあまりにきびしくしたため、巷間で次のような歌がうたわれたという。

狗吠何誼誼
有吏来在門
披衣出門応
府記欲得銭
語窮乞請期
吏怒反見尤
旋歩顧家中
家中無可為
思往従隣貸
隣人已言匱
銭銭何難得

狗《いぬ》の吠《ほ》ゆること　何ぞ誼誼《けんけん》たる
吏あり　来たりて　門に在り
衣を披《き》て　門に出《い》でて　応ずれば
府記　銭を得んと欲す
語窮《きわ》まりて　請期《せいき》を乞《こ》うも
吏怒りて　反《かえ》って尤《とが》めらる
歩を旋《かえ》して　家中を顧《かえり》みるに
家中　為《な》す可《べ》きなし
往《ゆ》きて隣より貸《か》らんと思えども
隣人　已《すで》に匱《つ》くと言う
銭よ　銭よ　何ぞ得難《えがた》き

令我独憔悴　　我をして独《ひと》り憔悴《しょうすい》せしむ

何とけたたましく犬の吠えることか。小役人が来て門口に立っているのだ。
上衣をひっかけ、門口に出て応対してみると、収税吏が銭をとりたてに来たのだ。
ことばにつまりつつ、延期を願い出たが、役人は怒って、逆にひどくどなられた。
きびすをかえして家の中を物色したが、家の中には役に立ちそうなものはない。
隣に行って借りて来ようと思ったが、隣の人もうすっからかんだという。
銭よ、銭よ、お前は何と得がたいもの。そのことだけで私はすっかりやつれてしまう。

歌の大意は、ほぼ右のごとくであろう。この歌は、晋《しん》の常璩《じょうきょ》の『華陽国志』という書物に見える。印刷技術のない時代、どのようにしてこの歌は伝えられたのか。税金の怨《うら》みは深い。

春望《しゅんぼう》　　杜《と》甫《ほ》

日本人に最もよく知られた漢詩一首を挙げよ、といわれれば、杜甫（七一二—七〇）の「春望」が、まず有力な候補の第一に挙げられるだろう。杜甫四十六歳、安禄山《あんろくざん》の軍によって、みやこ長安に軟禁されていたときの作、とされる。五言律詩。

国破山河在
城春草木深
感時花濺涙
恨別鳥驚心
烽火連三月
家書抵万金
白頭掻更短
渾欲不勝簪

国破れて　山河　在り
城春にして　草木　深し
時に感じては　花も涙を濺《そそ》ぎ
別れを恨《うら》んでは　鳥も心を驚かす
烽火《ほうか》　三月《さんがつ》に連《つら》なり
家書《かしょ》　万金《ばんきん》に抵《あた》る
白頭　掻《か》けば　更に短く
渾《すべ》て簪《しん》に勝《た》えざらんと欲す

冒頭の二句は、一九四五年、日本敗戦のとき、新聞のコラムなどにもよく引用された。だが有名な詩は、往々にして解釈の分かれるものが多い。

詩題の「春望」。これが、春のながめ、であることは、まずまちがいあるまい。唐代の詩に、秋望、冬望、あるいは長安春望、江南道中春望、などと題する作品がすくなからずあり、それらの内容から推して、杜甫のこの「春望」も、春のながめ、を意味するにちがいない。ただ、漢代の辞書『説文解字《せつもんかいじ》』の「亡」の部に、「望は、出《い》で亡げて外に在り、其の還《かえ》るを望むなり」とあるのは、記憶にとどめておいてよい。

詩は、次の有名な二句をもってはじまる。解釈の分かれる部分に留意しつつ、読んでゆくこととする。

国破れて　山河　在り
城春にして　草木　深し

はじめの二字「国破」について。国都長安の破壊とする説、国家機構の崩壊とする説などがある。いずれとも断じがたいが、杜甫以前のこの語の用例や、「国」と「城」との対応対比関係から考えて、後説がよいであろう。安禄山の乱によって、唐帝国は滅亡の危機を迎えていた。――国家は破壊されたが、山河は厳然として在る、存在する。その山河は、本来国家を守る要害としての役割をはたすべきものであった。しかるに、守らるべき国家は崩壊し、これを守るべき山河が無傷のままに存在する。

第二句、「城春」の城は、江戸城や名古屋城のごとき城ではない。万里の長城といい、現代中国語で城市《チョンシ》（都会）というごとく、城は城壁、都会をとりまく城壁である。江戸城の石垣のほとりに草木が生い茂る光景では、小さい。人口百万といわれた大都市長安、それを大きくとりまく城壁、そこへおしよせて来た春が、無辺際に草木を生い茂らせている。

本詩の詩型は、五言八句、いわゆる五言律詩である。律詩の約束事として、第三、四句（頷聯《がんれん》）および第五、六句（頸聯《けいれん》）は、当然対句《ついく》をもって構成される。ところがこの詩は、右の第一、二句（首聯《しゅれん》）もまた対句である。ただし、あとの対句とは、やや構成を異にする。

国破—山河在
城春—草木深

上二字と下三字の間、線でつないだ部分に、もし接続詞を入れるとすれば、第一句は逆接の「シカシ」、第二句は順接の「ソシテ」となろう。この微妙なアンバランスは、冒頭二句の対句としての効果を、いっそう高めている。

さて、第三、四句、すなわち頷聯《がんれん》。

時に感じては　花も涙を濺《そそ》ぎ

別れを恨んでは　鳥も心を驚かす

この聯の解は、判然と二説に分かれる。右の訓読のようによむ説と、「時に感じては花にも……、別れを恨んでは鳥にも……」とよむ説とである。中国人の解がすでに二説にわかれるが、わが国にも二解があり、現在のところ後説に従う人が多いように思える。しかし、私は前説に傾く。

二説のちがいは、「花」「鳥」を、動詞「濺《そそ》ぐ」「驚かす」の主格によむか、補格によむか、のちがいである。主格によめば、当然のことながら、「時に感じ」「別れを恨む」のも、「花」であり、「鳥」となる。そうした擬人化が許容されるか。かつて宋の羅大経《らだいけい》は、杜甫の詩における動植物の擬人化、その例をいくつか挙げ、その中に右の二句を加えた（『鶴林玉露《かくりんぎよくろ》』十）。さらに、吉川幸次郎博士の『杜甫II』（筑摩書房「世界古典文学全集」29、一九七二年）は、羅大経の挙例を示したのち、杜詩以外の唐代の詩文を挙げて、花鳥の擬人化が当時の文学にふつうであったことを、立証する。私が前説に傾く理由の、第一である。

ところで、同書（『杜甫II』）には、博士自身の「花」「鳥」主格説ものべられている。それは、五言詩のリズムにかかわり、リズムを根拠とした主格説である。その説を聞こう。

「この十字の大体の区切りが、感時〃花／濺涙、また恨別〃鳥／驚心であることは、疑問の余地がないが、もし濺涙と驚心の主格が杜甫であるとするならば、花を見るにつけても私は、鳥の声をきいても私は、と、日本語にうつせば言葉を足さねばならぬ。それだけの補足が、原文の音声では、花のあと、鳥のあと、／符で示した休止の時間を過大にさせ、リズムを、もっともよい状態にしないと、感ぜられる。それに反し、花をもって涙を濺ぐの主格、鳥をもって別れを恨むの主格とすることは、リズムを、より多く自然にする」

博士は、そうのべたあと、「私が私の読み方を主張したいもっともの根拠は、そうした主観的といえば主観的な理由による」といわれるが、このリズム論は、私を花鳥主格説に傾けさせる理由の、第二である。

私自身の理屈も、なくはない。それは、詩にうたわれる「自然と人事のバランス」説とよんでもよい。中国の詩、ことに絶句とか律詩とよばれる詩型では、前半で「自然」をうたい、後半に至ってはじめて「人事」をうたう場合がすくなくない。本書で紹介した杜甫の詩に例をとれば、「絶句」（二三四ページ）、「江村」（夏の巻）、「登高」（秋の巻）、「旅夜懐《おも》いを書《しる》す」（冬の巻）などが、いずれもそうである。自然のたたずまいをもってうたいおこす本詩「春望」も、またその系列に入れてよい。とすれば、前半の四句には、人間はまだ登場してはならぬ、涙を流し心を驚かすのは人間杜甫でなく、花であり鳥でなければならぬ、というのが、私の理屈であり、私が花鳥主格説に傾く理由の、第三である。「時に感じては花も涙を濺ぎ、別れを恨んでは鳥も心を驚かす」。

次に、第五、六句、すなわち頸聯《けいれん》。詩は、後半に入り、「自然」の姿に触発されて起る「人事」の悲しみをうたう。戦争、そして家族の離散。

烽火《ほうか》　三月《さんがつ》に連《つら》なり
家書《かしょ》　万金《ばんきん》に抵《あた》る

「烽火」が、戦争の危急を告げるのろしの火であることは、いうまでもないが、「三月に連なり」の「三月」については、従来の説はまた二つにわかれる。春三か月とする説、旧暦の三月（晩春）とする説、である。私見としては、この語が次句の「万金」と対《つい》をなすことからも、三月《みつき》というさして長くない月日でなく、楽しかるべきこの盛りの春の季節まで、とする後説がよいように思う。初唐の詩人王勃《おうぼつ》（六四九—七六）の詩「仲春の郊外」に、「物色は、、、、三月に連なり、風光は四隣を繞《めぐ》る」というのは、後説の補強となる。「家書万金に抵る」の「家書」は、家族からの手紙。「抵」は、相当する。なお、「烽火」の句が「感時」の句に、「家書」の句が「恨別」の句に、それぞれ対応するという旧注の指摘は、その通りであろう。

戦争という大きな社会現象から、家族というより小さな単位の悲劇に焦点を移動させた詩は、さいごに、杜甫個人の悲哀と絶望をうたって、結ぶ。

白頭　掻《か》けば　更に短く
渾《すべ》て簪《しん》に勝《た》えざらんと欲す

「掻首」ということばが、『詩経』邶《はい》風・静女の詩に見え、心配、憂愁などのいりまじったしぐさをいう。「短」の字は、われわれにはわかりにくいが、髪の毛のうすくなった表現として、古くから使われる。「簪《しん》」は、官僚がその象徴である冠《かんむり》を髪にとめる、そのためのピン。「渾《すべ》て」、もうまったく、「簪《しん》に勝《た》えざらんと欲す」、このうすい髪ではこのさき簪《かんざし》などさせなくなってしまいそうだ。

現在の窮地から脱して官僚として復活し、ふたたび国事に奔走すること、世の平和と安定につくすこと、それが杜甫の願望であった。だがその願望も、今はもはやかなえられそうにない。詩は、絶望のことばをもって、結ばれる。しかしながら、杜甫がここに至ってなお「簪」の一字をもち出すのは、それへの執着が、いかに根強いものであったかを示す。

詩は、前半において、国家から国都へ、そして花鳥へと、描写の対象を巨大なものから微小なものへ移し、後半においても、その焦点を戦争から家族へ、そして個人へと、より小さなものへ収斂させる。だが、さいごに至って、「簪」の一字を点出し、それら巨大なもの微小なものをともにふくむこの世界の幸福への、根強い願望、断ち切りがたい願望を提起する。それは現実的には絶望のかたちをとってうたわざるをえなかったが、その絶望のうらに、はげしい願望のあることを示す。白髪という私的な不幸を、杜甫は私的なままに収束させない。
杜甫は、この詩を作ったあと、まもなく長安から脱出する。その後のことについては、稿をあらためて説くこととする（秋の巻参照）。本稿では、詩の語釈にのみ偏って説きすぎたきらいなしとしない。それらを一応はふまえつつ、詩そのものをもう一度よむことにしよう。

国破れて　山河　在り
城春にして　草木　深し
時に感じては　花も涙を濺《そそ》ぎ
別れを恨んでは　鳥も心を驚かす
烽火《ほうか》　三月《さんがつ》に連《つら》なり
家書《かしょ》　万金《ばんきん》に抵《あた》る
白頭　搔《か》けば　更に短く

渾《すべ》て簪《しん》に勝《た》えざらんと欲す

仙人と鶴

崔《さい》　顥《こう》

むかし揚子江の中流にのぞむまち武昌《ぶしょう》の近くに、一軒の飲み屋があった。ある日ひとりの老人が酒を飲みに来た。酒代はもっていそうにない。だが、主人は嫌な顔もせずに、酒を飲ませてやった。かくて半年あまり、老人は飲み屋通いをつづける。ある日のこと、老人は主人にいった。酒代もたまっただろうが、銭はない。お礼の代りに店の壁に絵を描いて進ぜよう。老人は黄色い鶴の絵を壁に描いて、立ち去った。ところが、この鶴、客が手拍子をうってうたうと、歌につれて舞い出すではないか。それが評判になり、店は大はやり、主人は大もうけをした。十年ほどして、例の老人がまた訪ねて来た。ふところから笛をとり出して、何やら一曲吹きはじめた。すると白雲が天から舞いおり、鶴は壁からおどり出た。老人は鶴にうちまたがり、白雲に乗って空に舞いあがった。以来、その消息はない。主人はこれを記念して、武昌のまちの西南の山、揚子江にのぞむ一角に楼閣を建て、これに黄鶴楼《こうかくろう》と名づけた。

この伝説は、『唐詩選』の旧注に引く『武昌志』という書物に見える。この仙人説話をふまえて唐の詩人崔顥《さいこう》（七〇四？—五四）が作ったのが、七言律詩「黄鶴楼」一首である。

昔人已乗白雲去
此地空余黄鶴楼
黄鶴一去不復返
白雲千載空悠悠
晴川歴歴漢陽樹
芳草萋萋鸚鵡洲
日暮郷関何処是
煙波江上使人愁

昔人　已《すで》に白雲に乗って去り
此《こ》の地　空《むな》しく余《あま》す　黄鶴楼
黄鶴　一たび去って　復《ま》た返らず
白雲　千載　空《むな》しく悠悠《ゆうゆう》
晴川《せいせん》　歴歴《れきれき》たり　漢陽《かんよう》の樹
芳草《ほうそう》　萋萋《せいせい》たり　鸚鵡洲《おうむしゅう》
日暮《にちぼ》　郷関《きょうかん》　何れの処《いず》か　是《こ》れなる
煙波《えんぱ》　江上　人をして愁《うれ》えしむ

昔の仙人はもはや白雲に乗って去ってしまい、この地にのこされているのはただ黄鶴楼だけである。

黄色の鶴は去ったきりもう帰っては来ず、白雲だけが千年このかたあてどもなくただよっているにすぎない。

伝説の仙人も黄鶴も、もはやこの地にはおらず、ただあるのは記念の黄鶴楼と、その上にただよう白雲だけである。詩の前半でそううたったあと、後半では次のようにいう。

晴れわたった川のかなたに、くっきりと見えるのは、向う岸のまち漢陽の樹々、かぐわしい草のあおあおと茂っているのは、川の中洲、鸚鵡洲《おうむしゆう》。

日の暮れ方、わが故郷はどの方角にあたるのか、と目をやれば、大川のほとり、もやにつつまれた川波が、旅人の郷愁をかきたてる。


この詩は、もう一つの伝説を生む。のちにこの地を訪れた李白（七〇一—六二）が、楼に登って詩を作ろうとした。だが、楼の壁に書きつけられたこの詩を見て感嘆し、筆をすてた、という（『唐詩紀事』）。

煙花三月

李白

前項で、李白が黄鶴楼の詩を作ることを断念した、という話を紹介した。たしかに李白が黄鶴楼そのものを詠じた詩は、のこっていない。しかし詩題に黄鶴楼の文字をふくむ詩はある。たとえば「黄鶴楼にて孟浩然《もうこうぜん》の広陵に之《ゆ》くを送る」、七言絶句。孟浩然は「春眠暁《あかつき》を覚えず」の詩（一一五ページ）で有名な詩人。李白には、別に「孟浩然に贈る」詩などもあり、孟は李よりも十二歳年上の友人であった。広陵は、今の江蘇省揚州。揚子江下流に位置する交通の要衝であり、繁華な町として知られる。

故人西辞黄鶴楼
煙花三月下揚州
孤帆遠影碧空尽

故人　西のかた　黄鶴楼を辞し
煙花三月《さんがつ》　揚州に下《くだ》る
孤帆《こはん》の遠影　碧空《へきくう》に尽《つ》き

唯見長江天際流　　唯《た》だ見る　長江の天際に流るるを

故人、わが国では死者をいうが、中国古典語では、ふるなじみ、親友。その親友、孟さんは、ここ武昌《ぶしょう》の地の黄鶴楼に別れをつげ、東にむかって、三月、もちろん旧暦の三月であり、晩春のある日、春がすみのただよう花の揚州へと、揚子江を下ってゆく。たった一つぽつんとゆく舟の帆、孟さんの乗った舟の帆の、遠ざかってゆく小さな影が、やがて紺碧《こんぺき》の空に吸いこまれるように消えてゆく。そのあとに見えるのは、はるかな天のはて、地平線のかなたへ、ひたすらに流れゆく長江、揚子江の水だけである。

「煙花」の語、かすみと花、あるいはかすみのかかった花の意にも使うが、二字で春がすみの意に用いられる場合もある。わが国の僧六如《りくにょ》（慈周）の『葛原詩話後編《かつげん》』（巻二）にも、「煙花ハタダ煙ナリ、花ハ飾字ニテ、真ノ花ニ非ス、用処ニヨリ結ヒ合セニテ人煙繁華ノ様子ニモナリ、又幽寂ノ趣ニモナル」という。

右の詩、古いテキストには、「碧空」を「碧山」とするものがあるという。また南宋の陸《りく》游《ゆう》（一一二五―一二一〇）の旅行記『入蜀記』（巻五）は、この詩の第三句を引いて「孤帆遠映、碧山尽」とする。「孤帆　遠く碧山に映じて尽《つ》く」。とすれば、ぽつんと白い小さな帆は、はるかな碧《みどり》の山に照りはえつつ、やがて姿を消してゆく、という意味になろう。いずれがすぐれるか、にわかには断じがたい。

月下《げつか》独酌《どくしやく》

李白

影をわが分身になぞらえる発想は、中国では古くからある。陶淵明《とうえんめい》（三六五―四二七）の「形影神」詩は、これに神《たましい》を加えて、三者に問答させる哲学詩だが、李白の「月下独酌」は、我と影に月を加えて、三者で楽しむ酔人の詩である。

花間一壺酒　　花間　一壺《いっこ》の酒
独酌無相親　　独酌　相《あ》い親《した》しむなし
挙杯邀明月　　杯を挙げて　明月を邀《むか》え

対影成三人　　影に対して　三人を成す

花にかこまれて、酒壺一つ。独酌で、仲間もいない。杯をさして、明月をまねきよせ、わが影と向かいあって、これで三人。

詩はつづく。

月既不解飲　　月　既に　飲むを解せず
影徒随我身　　影　徒《いたず》らに　我が身に随う
暫伴月将影　　暫《しばら》く月と影とを伴《ともな》い
行楽須及春　　行楽　須《すべか》らく春に及ぶべし

月はもともと酒はやらぬ。それに、影の奴はただわが身につれて動くだけ。何ともはかないお仲間だ。だがままよ、暫時、月と影とをひきつれて、楽しむべきは、春の内。たよりないお仲間だが、この二人、私に調子をあわせる時もある、と詩はうたいつがれる。

我歌月徘徊
我舞影零乱
醒時同交歓
酔後各分散

我歌えば　月　徘徊《はいかい》し
我舞えば　影　零乱《れいらん》す
醒《さ》めし時　同《とも》に交歓《こうかん》し
酔いし後　各《おの》おの分散す

私がうたうと月もうかれてさまよい出し、私が踊ると影もあっちへふらふら、こっちへゆらゆら。しらふのうちは、いっしょに楽しんでいたが、酔っぱらったあとは、それぞればらばら。

そして結びの二句。

永結無情遊
相期邈雲漢

永く無情の遊《ゆう》を結び
相《あ》い期して　雲漢　邈《はる》かなり

三人は、世間ばなれの仲間同士さ、落ち合う場所は、天《あま》の川の遥かかなたさ。
「無情の遊」、友情などはないのだが、仲間は仲間、友情などにしばられぬところがかえっていい。李白はそういっているようである。

蝴《こ》蝶《ちょう》

范《はん》成《せい》大《だい》

さきにその一部を紹介した范成大「四時田園雑興」（一二二ページ）のうち、ここでは「晩春田園雑興」のいくつかをよむ。最も有名なのは、次の一首である。

蝴蝶双双入菜花
日長無客到田家
鶏飛過籬犬吠竇
知有行商来買茶

蝴蝶は双双《そうそう》　菜の花に入る
日は長きに　客の田家に到るなし
鶏《にわとり》の飛びて籬《まがき》を過《こ》え　犬は竇《あな》に吠ゆ
知る　行商の来たりて　茶を買う有りと

ちょうちょがひとつがい、ひらひらと庭先の菜の花の間に舞いこむ。ものうい晩春の昼さがり。その昼は長いのに、農家を訪れる人はない。しんとした時間。

突然、鶏があわただしく垣根をとびこえ、犬がけたたましく塀の抜け穴からほえたてる。そうか、新茶を買いに、行商人がやって来たのだな。

うらうらとした晩春の農家の午後、その風景を写しえて妙である。ところで「菜花《さいか》」がいわゆる菜《な》の花かどうか。たぶんとうのたった野菜の花であろう。「竇《あな》」とは、土塀の下にあけた犬くぐりの穴。さいごの句の「買」を「売」とするテキストがある。行商人が茶を売りに来たというのである。が、ここは江南地方、茶の名産地である。「買」の方がおもしろいだろう。当時、茶は専売品とされ、政府の認可をうけた商人だけがこれを売買できた。農家を一軒一軒、買いに歩いたのだろう。商品経済の発達しはじめた十二世紀の南宋の時代、農村も変貌をとげつつあった。

晩春の農村風景、もう一首。

雨後山家起較遲　　雨後の山家　起《お》くること較《や》や遅く
天窗新色半熹微　　天窓の新色　半《なか》ばは熹微《きび》たり
老翁欹枕聽鶯囀　　老翁は枕を欹《そばだ》てて　鶯の囀《さえず》るを聴き

童子開門放燕飛　　童子は門を開きて　燕を放ちて飛ばしむ

雨あがりの朝、山あいの農家では、いつもよりややゆっくりと目をさます。とはいっても、高い窓からさしこむ朝の光は、まだほのぐらい。

いつもは早起きのじいさんも、枕をあてたままふとんの中で鶯の声に耳を傾けている。だが子供はじっとしていない。天井の梁《はり》で雨の夜をすごした燕たちを早く外に出してやろうと、ガラガラと引き戸をあける。

雨に洗われた農家の朝の、何くれとない風景が、活写されている。

江亭　　杜甫

晩春の一日、五十歳をむかえた杜甫（七一二―七〇）は、成都の草堂でゆく春をじっと眺めていた。川のほとりの亭《あずまや》でねそべり、平和な春を万物とともに享受しながら、しかし、旅先の杜甫の胸には、はらいがたい憂悶がわだかまっていた。それをしいて押しのけつつ、一篇の詩を作った。「江亭」と題する五言律詩。

坦腹江亭暖　坦腹《たんぷく》すれば　江亭　暖《あたた》かに
長吟野望時　長く吟《ぎん》じて　野を望む時

「坦腹」は、腹を平らにすること、すなわち腹ばいになること。川のほとりの亭《あずまや》でねそべっていると、春の日ざしはあたたかにふりそそぐ。のんびりと詩をくちずさんで、野の景色を眺めている、この時間。

水流心不競　水　流れて　心　競《きそ》わず
雲在意俱遅　雲　在りて　意　俱《とも》に遅し

眼下を川の水が流れてゆく。川の流れは、去りゆくものの象徴である。しかし今、私の心はその流れと競おうとはしない。私の心に、あせりはない。

空を見上げれば、雲がじっと浮かんでいる。私の心は、その雲とともにのどかである。「倶」の字は、二つのものが同じ目的をもっているわけではないが、そのいずれもがいっしょに、というときによく使われる。

寂寂春将晩　　寂寂《せきせき》として　春　将《まさ》に晩《く》れんとし
欣欣物自私　　欣欣《きんきん》として　物　自《みずか》ら私《わたくし》す

ひっそりと、春はいまその終りをむかえようとしている。そして物みなは、この世の生きとし生けるものは、それぞれよろこばしげに、おのれのいとなみにはげんでいる。

「寂寂」の語は、春の形容としてよく使われる。同じ杜甫の句に、「小院　廊《ろう》廻《めぐ》りて　春寂寂」(「涪城県香積寺官閣」)。「欣欣」もまた春の自然の形容である。陶淵明の「帰去来の辞」(三一ページ)に、「木は欣欣として以て栄に向かい、泉は涓涓《けんけん》として始めて流る」。「物」は、動物植物をとわず、この世の万物すべてをさす。「自私」とは、それぞれの領分で、他から干渉されず、他に干渉もせず、生活をいとなむことをいうようである。

おだやかな自然、それにとりかこまれたおだやかな詩人。詩もまたおだやかにうたいおさめられるのかと思うと、そうではない。

故林帰未得　　故林　帰ること　未《いま》だ得ず

排悶強裁詩　　悶《もだ》えを排《はら》わんと　強《し》いて詩を裁《つく》れり

「故林」は、故郷。杜甫が故郷を離れたのは、三年前であった。「悶《もん》」とは、心のもだえ、気の晴れぬこと。それをはらいのけようと、布を裁《た》って着物を仕立てるように、むりに一篇の詩を作ってみた。

梨《なし》の花　　元《げん》稹《じん》

梨の花は、白い。その白さは、雪にたとえられ、群生して咲くときは、雲にたとえて詩にうたわれて来た。

また、その花は、よく柳の葉と対比させてうたわれる。

柳色　黄金のごとく嫩《やわ》らかに
梨花　白雪のごとく香《かんば》し

（唐・李白「宮中行楽詞」）

梨花は淡白　柳は深青
柳絮《りゅうじょ》　飛ぶとき　花　城に満つ

（宋・蘇軾「東欄梨花」）

そしてその美しさは、ときに美人にも形容された。有名な白楽天の「長恨歌」の一節、

玉容《ぎょくよう》　寂莫《せきばく》　涙　闌干《らんかん》たり
梨花　一枝　春　雨を帯ぶ

涙にくれる美人を、雨にしめって咲く梨の花にたとえたのである。

梨の花は春に咲き、春の暮れ方に散る。

寂莫たる空庭　春　晩《く》れんと欲し
梨花　地に満ちて　門を開かず

（唐・劉方平「春怨」）

門のきわまで散りしいた白い梨の花、それが踏みにじられるのを惜しんで、門も閉じたまま、というのである。

さて、散る梨の花を詠じた有名な詩に、白楽天の親友元稹《げんじん》（七七九―八三一）の七言絶句がある。題して「江花落つ」。

日暮嘉陵江水東
梨花万片逐東風
江花何処最腸断
半落江水半在空

日暮　嘉陵《かりょう》　江水の東
梨花　万片　東風を逐《お》う
江花　何《いず》れの処か　最も腸断《ちょうだん》
半《なか》ばは江水に落ち　半ばは空《くう》に在り

詩題「江花落つ」の江は、第一句にいう嘉陵江をさす。陝西《せんせい》省鳳《ほう》県の北東、嘉陵谷に発し、四川省を流れて揚子江に注ぐ。詩人は、四川すなわち蜀《しょく》の地にいて、この詩を作ったのであろう。

日の暮れなずむ頃、嘉陵江の流れの東、その岸に群生する梨の樹々から散る、何万という白い花びら、それは東風すなわち春風を追うように、江上に舞う。

その江上の花、いずれが最も胸をいたませるか、なかばは江水に落ち、なかばは空中に舞っているけれども。

「腸断」は、断腸というべきところ、平仄《ひょうそく》をあわせるためにかく転倒させたのであろう。はらわたがちぎれるほどの深く鋭い悲しみ。

この詩、後半の二句が、なかなかしゃれている。しゃれているだけに、やや軽妙にすぎる感をまぬがれない。

フグ

梅《ばい》尭臣《ぎょうしん》

詩の黄金時代である唐を経て、次の宋の詩はさまざまな新しい模索を試みなければならなかった。その一つとして、題材の新奇さが追求されたといわれる。例は多いが、梅尭臣（一〇〇二―六〇）の河豚《ふぐ》の詩も、その一例であろう。ただし、そのころのフグが、かつてわが国の力士を毒にあてて殺し、近くは歌舞伎役者が死んだ、今のフグと全く同じものかどうかは、わからない。しかし梅尭臣の詩の内容、また「河魨《ふぐ》を食わば、一死に値《あた》いす」などという古いことばのあることなどから推して、同類のものであろう。

梅尭臣の詩題は、「范饒州《はんじょうしゅう》の坐中にて、客、河豚魚《かとんぎょ》を食らいしことを語る」。「范饒州」は、梅尭臣より十三歳先輩の詩人范仲淹《はんちゅうえん》（九八九―一〇五二）。「饒州」は、政治批判がたたって范が饒州（江西省）の長官に左遷されたことによる呼称である。その「坐中」とは、サロン、あるいは宴席のこと。

全篇二十八句の長い詩なので、少しずつ区切ってよむ。

春洲生荻芽　　春の洲《なぎさ》に　荻《おぎ》の芽　生《は》え
春岸飛楊花　　春の岸に　楊《やなぎ》の花　飛べり
河豚当是時　　河豚《ふぐ》　是《こ》の時に当たりて
貴不数魚鰕　　貴きこと　魚鰕《ぎょか》に数《かぞ》えず

フグは晩春のころ、楊《やなぎ》の花（綿毛のついたやなぎの種子）を食べて肥り、荻《おぎ》の芽といっしょにスープにされて食膳に出るという。その季節が、フグのしゅんだ。その貴重さは、ふつうの魚や鰕《えび》などとは、くらべものにならぬ。中国の内陸では、魚や鰕は貴重な食物である。それもフグにくらべれば、ものの数に入らぬ、というのである。

其状已可怪　　其の状　已《すで》に怪しむ可《べ》く
其毒亦莫加　　其の毒　亦《ま》た加うる莫《な》し
忿腹若封豕　　忿《いきどお》りし腹は　封《おお》いなる豕《ぶた》の若《ごと》く
怒目猶呉蛙　　怒りし目は　猶《な》お呉《ご》の蛙のごとし

「呉蛙《ごあ》」は、臥薪嘗胆《がしんしょうたん》で有名な越《えつ》王勾践《こうせん》の故事にもとづく。呉に敗れた勾践が、あるとき馬車で外出し、路上で勾践をにらみつけている蝦蟇《がま》を見て、おじぎをした。御者がいぶかってたずねると、「蝦蟇にもこんな気力がある。復讐心にもえているおれとしては、敬意を表さずにおれようか」と答えたという（『韓非子』内儲説《ないちょせつ》篇上）。

さて、フグは、その姿が奇怪であるばかりか、その毒もこの上なし。いきり立ったときの腹は、大きな豚のようだし、怒ったときの目は、まるで呉の蛙だ。

庖煎苟失所　庖煎《ほうせん》するに　苟《いや》しくも所を失せば
入喉為鏌鋣　喉《のど》に入りて　鏌鋣《ばくや》と為《な》る
若此喪軀体　此《か》くの若《ごと》くして　軀体《くたい》を喪《うしな》わば
何須資歯牙　何ぞ歯牙《しが》に資《し》するを須《もち》いん

「庖煎」とは、料理である。料理するときに、もし失敗でもすれば、喉《のど》を通ったあと、腹の中で鏌鋣《ばくや》の剣となる。「鏌鋣」は、「莫邪《ばくや》」とも書き、いにしえの名剣である。

そんなにして、もし命を失うのなら、何も好んで口にしなくてもよいではないか。「歯牙」は、歯。「資」は、提供すること。

「フグは食いたし、命は云々」ということわざの源は、このあたりにあるのかも知れない。

持問南方人　持《じ》して南方の人に問えば
党護復矜誇　党護《とうご》し　復《ま》た矜誇《きょうか》す
皆言美無度　皆言う　美《うま》きこと　度《はか》りなし
誰謂死如麻　誰《たれ》か謂《い》う　死すること　麻《あさ》の如しと

我語不能屈　　我　語れども　屈する能《あた》わず
自思空咄嗟　　自《みずか》ら思いて　空《むな》しく咄嗟《とつさ》せり

フグを常食するのは、南方、江南の人である。そこで私の意見を南方の人に伝えると、彼らは「党護」、徒党をくんで弁護する。よってたかってフグの肩をもつ。そればかりか、「矜誇」、フグの自慢をする。

皆が口をそろえて言うのだ。うまいことこの上なし、死人が麻《あさ》の如くに出る、ばたばたとたくさん死んでいく、などと誰が言うのだ。そんなことは決してないぞ。

私がいくら言っても、納得させることはできなかった。そこで、「自ら思いて空《むな》しく咄嗟《とつさ》せり」。「咄嗟」とは、舌打ちをして嘆くさま。ひとり胸にしまいこんで、むなしく舌打ちをするばかりであった。

ところで、気味の悪い食べ物といえば、次のような話が伝わっている、と詩は話題を転ずる。

退之来潮陽　　退之《たいし》　潮陽《ちょうよう》に来たり

始憚餐籠蛇　　始めは籠《かご》の蛇を餐《さん》するを憚《はばか》れり
子厚居柳州　　子厚《しこう》柳州《りゅうしゅう》に居り
而甘食蝦蟇　　而《しこ》うして甘んじて蝦蟇《がま》を食らえり

「退之《たいし》」は、唐の文人韓愈《かんゆ》（七六八―八二四）の字《あざな》である。その韓退之が、潮陽（広東省潮安）に来たのは、ときの皇帝憲宗の仏経崇拝を批判した「仏骨を論ずるの表」を奉って怒りにふれ、左遷されたためである（五二ページ参照）。潮陽に来た当初、韓退之は食用に供せられた蛇、籠《かご》にいれられた蛇を見てへきえきした、という話は、彼の「初めて南食し、元十八協律に貽《おく》る」という詩に見える。

「子厚《しこう》」は、韓愈と同時代の文人柳宗元《りゅうそうげん》（七七三―八一九）の字である。彼もまた左遷されて柳州（広西省柳江）にいたことがある。そのころ、友人の韓愈がどうしても食べられなかった蝦蟇《がま》を、甘《うま》い甘《うま》いといって食べたことは、これも韓愈の詩「柳柳州が蝦蟇を食らうに答う」に見える。

それら気味悪い食べ物は、フグにくらべてどうか。

二物雖可憎　　二物　憎《にく》む可《べ》しと雖《いえど》も
性命無舛差　　性命には　舛差《せんさ》なし

「性命」は、生命と同じ。「舛差」は、背を向けあい、ちぐはぐになること。
蛇と蝦蟇、この二物は、どう見てもにくにくしげだけれども、それを食べても性命《いのち》に別状はない。

ところが、フグの方は、

斯味曾不比　　斯《こ》の味　曾《かつ》て比《たぐ》いせざるも
中蔵禍無涯　　中に禍《わざわい》の涯《はて》なきを蔵《ぞう》す

その味、たとえようもないが、そのかわり、中に測《はか》り知れぬわざわいを、ひそめている。
そして、結びの二句。

甚美悪亦称　　甚《はなは》だ美なれば　悪も亦《ま》た称《かな》う

此言誠可嘉　　此《こ》の言　誠に嘉《よみ》す可《べ》し

「称《かな》う」とは、つりあいのとれていることをいう。はなはだ美なるものには、それにつりあって悪もまたふくまれている。さしずめ「バラにトゲ」といったところだが、この語、『春秋左氏伝』昭公二十八年に見える古語である。

「此《こ》の言　誠に嘉《よみ》す可《べ》し」。まこと味わいのあることばではある。

さいごの句に至って、かく教訓めいたことや、ひとひねり理屈をのべるのは、宋詩の一つのくせでもある。

フグの魅力は、人びとをつかんではなさないものらしく、清朝の大儒銭大昕《せんたいきん》（一七二八―一八〇四）にも「河豚の歌」がある。この作品は、すでに吉川幸次郎著『続人間詩話』（岩波新書）に紹介されているので、その読み下し文をかかげる。

海べの郷《まち》には　河豚《ふぐ》多く
腴《あぶら》のりて美《うま》きこと　粱《こめ》にも肉にも勝《まさ》る
春に先だちて　網《あみ》を挙ぐれば　得《う》

垂るる楊《やなぎ》の緑となるを待たずともよし
清き晨《あした》に客を招き　盛りて盤《さら》に満《み》たせしに
客の頭を揺《ふ》りて眉《まゆ》を即《ただ》ちに蹙《ひそ》めるものあり
「性命《いのち》を将《も》って児《こども》の嬉《あそ》びのごときに付《まか》せ
頃刻《たまゆら》にして人の身の鬼《もうじや》の録《ふみ》に近《ふみい》るに忍びんや」と
主人《われ》は客に語《つ》ぐ　「箸を停《とど》むること勿《な》かれ
厳亀《げんき》なるひとの『食経』を　君は未《いま》だ読まざるか
眼を抉《えぐ》り腸を刳《さ》き　血を出《い》だして漉《こ》し
之《これ》を洗い之を滌《すす》げば　真味　足れり
吾《わ》が郷《まち》にては　頤《ほお》を朶《おと》さんばかりにしてくらうもの　千百輩
飽《あ》くまで啖《くら》いて　人人　欲する所に饜《あ》く
酔いて帰りて　児女《むすこむすめ》と団欒《だんらん》を話す
阿誰《たれ》か独《ひと》りにても彭亨《ぱんぱん》と腹《ふく》を脹らませてうせしものあらんや
鴛鴦《おしどり》の繡《ぬいとり》の被《ふとん》にも　朱《あか》き輪の車にも
人生　何《いず》くに往《ゆ》くとて　鴆毒《ちんどく》あるに非《あら》ずや

一つの味の筵《しょくたく》に当《い》でしとて　且《ま》ずは憂うること莫《な》かれ
君に勧《すす》む　容《ひとしなみ》容の福《しあわせ》にのみ恋《かかずら》うこと休《な》かれ」と

猫を祭る

梅尭臣

飼い猫は、今では珍しくないが、中国ではいつごろから家で猫を飼うようになったのか。その起源はよくわからない。ところで、飼い猫のことをうたった詩は、唐以前にはあまり見かけぬ。宋代になって急にふえる。北宋の黄庭堅《こうていけん》（山谷《さんこく》、一〇四五—一一〇五）の「猫を乞《こ》う」詩は有名だが、南宋の陸游《りくゆう》（放翁、一一二五—一二一〇）となると、十首を越える。その先鞭をつけたのも、前項に紹介した梅尭臣だったようである。梅尭臣は、五白《ごはく》という名の猫を飼っていた。当時の文人たちの飼い猫は、蔵書を守るための、鼠よけの番人であったらしい。その猫が死んだ。梅尭臣は、まるで親族や友人を弔うように、猫の死をいたむ詩を作った。題して「猫を祭る」。全二十句の五言古詩である。

自有五白猫　五白の猫を有《も》ちてより
鼠不侵我書　鼠は我が書を侵《おか》さず

「五白猫」が、五ひきの白猫でなく、おそらくは白まだらの、そのために五白と名づけられた猫であることは、次の句をよめば、わかる。

今朝五白死　今朝《こんちょう》　五白　死せり
祭与飯与魚　祭りて　飯と魚とを与《あた》う

ちゃんとお祭りをして、飯と、お前のすきだった魚を、供えてやった。

送之于中河　之《これ》を中河に送り
呪爾非爾疎　爾《なんじ》を呪《じゅ》するは　爾を疎《そ》にするに非《あら》ず

「中河」とは、河の流れの中ほどである。そこまで送って、水葬にし、そこで「呪《じゅ》」、おまじないをとなえて、お前のけがれをはらってやったが、それは、お前を粗末にあつかってのことではない。

私の脳中には、お前の姿がちらついて、はなれない。

昔爾齧一鼠　昔　爾《なんじ》　一鼠《いっそ》を齧《か》み
銜鳴遶庭除　銜《くわ》え鳴きて　庭除《ていじょ》を遶《めぐ》れり
欲使衆鼠驚　衆鼠《しゅうそ》をして驚かしめんと欲す
意将清我廬　意は将《まさ》に我が廬《いおり》を清めんとするなり

むかしお前は、一ぴきの鼠にかみつき、口にくわえてなきながら、庭のあたりをぐるぐるまわっていた。「庭除」は、庭に面したベランダの階段。それは、ほかの鼠どもを驚かしてやろうとのデモンストレーションであり、鼠どもを追いはらってわが庵《いおり》をさっぱりと清めよう、というつもりだったらしい。主人思いのかしこい猫だったな、お前は。

ところで、詩人はいま船の中にいる。その船にいっしょにのせて来て、五白は船中で死んだのだろうか。詩がここで船中の生活のことをいうのは、そのためであろう。

一従登舟来　一《ひと》たび舟に登《の》りてより来《このかた》
舟中同屋居　舟中　屋《おく》を同じくして居る
糗糧雖甚薄　糗糧《きゅうりょう》　甚だ薄《うす》しと雖《いえど》も
免食漏窃余　漏窃《ろうせつ》の余を食らうことを免《まぬが》る

一たん船の旅をするようになってからは、同じ屋根の下、同じ一つの部屋でくらすようになった。

旅行食である「糗糧」、乾《ほ》し飯《いい》、それはとぼしかったけれども、「漏窃」、鼠の小便のかかったのや、かじられたの、そのお余りを食べることだけは、まぬがれた。

それも、まったくお前の働きのおかげであった。

此実爾有勤　此《こ》れ実に爾《なんじ》の勤《つと》むる有ればなり

有勤勝鶏猪　勤むる有ること　鶏《にわとり》と猪《ぶた》に勝《まさ》れり

働き者のお前は、同じ家畜の鶏や豚よりもまさっている。

世人重駆駕　世人は駆駕《くが》を重んじ
謂不如馬驢　馬驢《ばろ》に如《し》かずと謂《い》う

世間の人は、往々にして、車を引っぱれるから、乗れるからと、馬やロバにくらべたら猫なんか及びもつかぬ、という。だが、そうじゃない。と、むきになってみても、お前は、もういない。

已矣莫復論　已《や》んぬる矣《かな》　復《ま》た論ずる莫《な》からん
為爾聊欷歔　爾《なんじ》の為《ため》に聊《いささ》か欷歔《むせびな》かん

「聊」は、まずまず今のところは。「欷歔《ききょ》」は、すすり泣くこと、またその声。

もう仕方がない。これ以上いうのはやめよう。今はただ、お前のためにひとりむせび泣くことにしよう。

以上で、詩は終わる。

犬

范《はん》成《せい》大《だい》

飼い犬が詩にうたわれるようになるのは、猫よりも早い。だが、その生態がこまかく描写されるのは、やはり宋代以後のことのように思われる。

晋《しん》の陶淵明《とうえんめい》（三六五—四二七）の詩「園田の居に帰る」第一首に、農村の風景を詠じて、

狗《いぬ》は吠《ほ》ゆ　深き巷《ろじ》の中《うら》
鶏《とり》は鳴《な》く　桑の樹の巓《いただき》

という句が見える。これは、同じ陶淵明の散文「桃花源記」に、ユートピア桃源郷の情景描写として、

阡陌交《せんぱくこもごも》わり通じ、鶏犬相《あ》い聞こゆ。

というのと、同じパターンの発想である。そしてそれらは、いわゆる小国寡民を理想としてたたえる『老子』の、「鶏犬の声、相い聞こゆ」という発想から脱しきっていない。宮廷におけるサロン文学、修辞主義文学の盛行した六朝時代にあって、例外的に日常生活を素材として作詩した陶淵明にしても、その詩に犬をつれて散歩する図までは、まだ出て来ないのである。

陶淵明よりやや先輩の詩人陸機《りくき》（二六一―三〇三）が飼っていた名犬「黄耳《こうじ》」、手紙を首にゆわえられて遠くまでとどけたという犬の話（『晋書』陸機伝）は有名だが、これも詩にはうたわれない。

唐代になると、たとえば杜甫（七一二―七〇）の詩に、

脂膏《あぶら》もて兼《か》ねて犬を飼う

（「黄魚」）

と、飼い犬のことが見える。ここにいう「脂膏《しこう》」とは魚の脂肪《あぶら》のこと。また、

犬は迎う　曾《かつ》て宿《とま》りし客を

（「重《かさ》ねて何氏に過《よぎ》る」第二首）

といった句もある。それだけではない。もうすこしこまかな描写として、

旧犬は我の帰りしを喜び
低徊《まとわりつ》きて衣の裾《すそ》に入る

（「草堂」）

あるいはまた、弟のことを思う詩の結びに、

旧犬は愁恨《しゅうこん》を知り
頭を垂れて我が床《ねだい》に傍《よりそ》う
（「舎弟の消息を得たり」）

とうたわれる。右の二首、短い句ながら、犬の動作の描きぶりはさすがである。ことに陸機の名犬「黄耳」の故事をふまえたとされるあとの一首は、犬が詩の中で重要な役割を果たしている。しかし、二首ともに、犬はあくまでも詩人の喜びあるいは悲しみを強め深めるための、いわば点景でしかない。犬そのものの何気ない動作、作者の感情とは一応無縁な、日常的な犬の動作にまで筆が及ぶのは、やはり詩材のひろがりを見せる宋代の詩をまたなければならない。

南宋の詩人范成大（一一二六—九三）の田園風物詩「春日田園雑興」（一二二ページ参照）の一首は、次のようにうたう。

歩屧尋春有好懐　　歩屧《ほげき》もて春を尋《たず》ぬれば　好懐《こうかい》あり

雨余蹄道水如杯　　雨余の蹄道《ていどう》　水は杯《さかずき》の如し
随人黄犬攙前去　　人に随う黄犬は　前に攙《た》ちて去りしも
走到渓橋忽自廻　　走りて渓橋《けいきょう》に到れば　忽《たちま》ち自《みずか》ら廻《かえ》る

「歩屐《ほげき》」は、「歩屧《ほしょう》」ともいい、散歩用の木製のげたである。杜甫の詩にも、「歩屧もて春風に随い村村 自《おのずか》ら花柳あり」。げたをはいてのんびりと春をたずねて散歩に出れば、まことによい心持ちになる。——歩屐もて春を尋ぬれば好懐あり。

「雨余」は、雨あがり。「蹄道」は、馬蹄の跡、穴ぼこのあいた道だと、最近の注はいう。雨あがりの道をゆくと、馬のひづめのあとの穴ぼこにたまり水、その一つ一つが盃のようだ。——雨余の蹄道　水は杯の如し。

詩の前半に、犬は登場しない。しかし後半に至って、犬をつれての散歩であることが、わかる。

「黄犬」は、あかちゃけた、茶色の犬だろう。現代中国語でも、いわゆるあか犬を黄狗《ホワンコウ》、茶色の革靴を黄皮鞋《ホワンピーシエ》という。「攙前《ざんぜん》」は、先に立つこと。これも現代中国語で、先立つこと、ぬきんでることを、攙前《チャンチエン》あるいは攙先《チャンシエン》という。「渓橋」は、山あいから流れて来た川にかかる橋である。山すそまで散歩の足をのばしたことをいうのであろう。

あとからついて来たあか犬が、急に先に立って走っていったと思うと、谷川にかかる橋の手前でふと立ちどまり、勝手にこっちにもどって来た。——人に随う黄犬の前に攙《た》ちて去《ゆ》きしも、走りて渓《たにがわ》の橋に到れば忽ち自《みずか》ら廻《かえ》りきぬ。

だからどうというのではない。それだけのことである。犬は雨あがりで水かさのふえた谷川の音におどろいたのだ、などという説明はない。理屈はない。ただ、それだけのことの中に、雨あがりの春の日のひとこまを描きえて、妙である。

柳暗花明《りゅうあんかめい》　　陸游《りくゆう》

唐代に成立した「近体詩」の技法のなかで、最も重視されたものの一つは「対句《ついく》」である。詩人たちは対句構成の技法に腕をきそい、多くの名手があらわれた。唐の次の宋代における名手の一人は陸游（一一二五―一二一〇）である。陸游の律詩のなかには、人びとにもてはやされた対句が多くふくまれるが、その一つを紹介しよう。題して「山西の村に遊ぶ」、七言律詩。山西の村は、陸游が故郷（浙江省紹興《せっこうしょうしょうこう》）に家をかまえていた三山、その西の村。陸游四十三歳の作。

莫笑農家臘酒渾
豊年留客足鶏豚
山重水複疑無路
柳暗花明又一村
簫鼓追随春社近
衣冠簡朴古風存
従今若許閒乗月
拄杖無時夜叩門

笑う莫《な》かれ　農家の臘酒《ろうしゅ》　渾《にご》れるを
豊年　客を留《とど》むるに　鶏豚《けいとん》　足《た》れり
山重《さんちょう》　水複《すいふく》　路《みち》なきかと疑う
柳《りゅう》　暗花《あんか》明《めい》　又《ま》た一村
簫鼓《しょうこ》　追随して　春社　近く
衣冠　簡朴《かんぼく》にして　古風　存す
今より若《も》し閒《かん》に月に乗ずるを許さば
杖《つえ》を拄《つ》き　時なくして　夜　門を叩《たた》かん

「臘酒」の臘は十二月、暮れにしこんで春に飲む酒である。農家の師走《しわす》じこみの酒はにごりがひどい、などとばかにしたもうな。去年は豊年、来客をひきとめるのに鶏と豚の肉だけはたっぷりとありますぞ。

次の聯が、有名な対句である。

山重　水複　疑無路
柳暗　花明　又一村

山が重なりあい、川がいくえにも折れまがって、路はもうゆきどまりかといぶかっていると、柳がほの暗くしげる中に、花（桃の花であろうか）がぽっと明かるく咲き出たところ、また一つの村に出逢う。

「山重水複」、「柳暗花明」の対《つい》が、情景描写としてすぐれているだけでなく、「疑無路」、「又一村」が、一見対に見えずしてたくみな対であるところがいい。日本語によみくだし、各語を品詞分析すれば、対でないように見えるが、原詩にもどって、一字ずつの機能を分析対比すれば、見事な対である。なお、「柳暗花明」という表現は、陸游の独創ではなく、すでに唐の王維《おうい》の「早朝」詩に、「柳は暗く百花明かるく、春は深し五鳳城」と見える。

さて、後半の四句。「春社」は、春の祭日。社は氏神のことだが、ここは社日の社で、春分に最も近い戊《つちのえ》の日を春社といい、村の鎮守で豊年を祈る。笛や太鼓の音が追っかけあって、春祭の日も近く、村人の祭の衣裳は、簡素で古朴な風習をのこしている。

これからもし月の出たおりをみて、のんびりと出かけて来てもいいとおっしゃるなら、杖をつき時も定めず、ふいと夜半の門を叩きにまいりますぞ。

春雨　陸游

陸游の対句《ついく》の例をもう一つ。詩の題は「臨安《りんあん》にて春雨初めて霽《は》る」。七言律詩。さきの詩より約二十年後、作者六十二歳、これも晩春の作である。

臨安（杭州）は、南宋のみやこ。この春、詩人は厳《げん》州（浙江《せっこう》省建徳《けんとく》）の副知事に任命され、天子に謁見するため故郷の紹興《しょうこう》から上京した。

世味年来薄似紗
誰令騎馬客京華
小楼一夜聴春雨
深巷明朝売杏花
矮紙斜行閒作草
晴窓細乳戯分茶
素衣莫起風塵嘆
猶及清明可到家

世味《せいみ》　年来　薄きこと紗《さ》に似たり
誰か馬に騎《の》りて　京華《けいか》に客たらしむ
小楼　一夜　春雨を聴き
深巷《しんこう》　明《みょう》朝《ちょう》　杏花《きょうか》を売《う》る
矮紙《わいし》　斜行《しゃこう》　閒《かん》に草《そう》を作《な》し
晴窓《せいそう》　細乳《さいにゅう》　戯《たわむ》れに茶を分《わ》かつ
素衣《そい》　起《お》こす莫《な》かれ　風塵《ふうじん》の嘆《たん》
猶《な》お清明に及《およ》んで家に到る可《べ》けん

世味、世の中に対する興味、欲求も、この年ごろ、うすぎぬのように淡くなってしまったのに、誰がまた私を馬にまたがらせて、ということは、公用で、この繁華な都に旅ぐらしをさせるのか。

このときの謁見で、時の天子孝宗は陸游にむかってこういったという。「厳陵（厳州）は山水の勝《すぐ》れし処、職事の暇《いとま》に、賦《ふ》詠《えい》自《じ》適《てき》すべし」。詩人としては、身に余る光栄である。しかし憂国の士陸游には不満であった。国家の窮状（金《きん》による北中国の占領）を解決すべき政治への強すぎる期待が、このころすでに陸游の胸の中では絶望へと転化しつつあった。だが、憂国の士としてでなく、詩人としてしか評価してもらえないのは、やはり不満である。世味年来薄きこと紗《うすぎぬ》の似《ごと》し、というのは、悟りというよりは、自嘲の句として読める。

さて、次の二聯は、陸游の対句のなかでも、ことに有名である。

小楼　一夜　聴　春雨
深巷　明朝　売　杏花
矮紙　斜行　閒　作草
晴窓　細乳　戯　分茶

小さな二階屋で、ひと夜、春雨の音に耳をかたむけていた。明くる朝は晴れて、この奥まった露地に、杏《あんず》の花売りの声が聞こえて来る。

短い紙に行《ぎょう》もふぞろいに、ひまにまかせて草書を書いてみたり、日のさす窓べで細かい泡をうかせて、たわむれにひとり茶をたててみたりする。

早朝の花売りは、南宋の都会の風物であり、陸游の別の詩にも見える。陸游は書家としても知られ、好んで草書を書いたことは、これもいくつかの詩に見える。「細乳」については諸説があるが、茶をたてるときに立つ細かい泡とする説をとる。「分茶」は茶を入れる方法の一つであるという。

都に来た陸游は、その政治的任務を強いて忘れて、つれづれな日々を美しい対句に凝縮させた。

そして、さいごの聯、「素衣起こす莫《な》かれ風塵の嘆、猶《な》お清明に及んで家に到る可《べ》けん」。「素衣」は、白い着物。この一句には典拠がある。晋《しん》の詩人陸機《りくき》（二六一―三〇三）の句に「京洛　風塵多し、素衣　化して緇《くろ》と作《な》る」（「顧彦先《こげんせん》の為《ため》に婦に贈る」）。都には風に舞う塵（それは田舎にはない人間関係のきたなさをもいう）が多いので、白い着物も真黒になる。陸游の句は、これをふまえて、だがそんななげきは必要でない、清明節が来ぬうちに都をすてて故郷のわが家に帰れるだろう、というのである。「清明」は、二十四節気の一つである清明節。春分のあと十五日目、陰暦の三月上旬、陽暦でいえば四月五日か六日。

陸游の詩、ことに「小楼一夜春雨を聴き、深巷明朝杏花を売る」といった句は、わが江戸末期にもてはやされ、エピゴーネンを生んだ。

今朝深巷遍春信
昨夜小楼雨痕過

今朝　深巷　春の信《たより》遍《あまね》く
昨夜　小楼　雨の痕《あと》過ぐ

（大窪詩仏「売花声」）

小楼過雨売花声
似警黄紬被底情

小楼　過雨　売花の声
警《いまし》むるに似たり　黄紬《こうちゅう》被《ひ》底《てい》の情

（中島棕隠「偶感」）

だがエピゴーネンたちの詩には、陸游の詩の裏にある苦《にが》い味は、ない。

絶句

杜甫

杜甫（七一二―七〇）には「絶句」と題してその詩型式のみをいい、別に詩題を示さない作品がいくつかある。その中で最も知られているのが、次の一首である。

江碧鳥逾白
山青花欲然
今春看又過
何日是帰年

江は碧《みどり》にして　鳥逾《いよ》いよ白く
山青くして　花然《も》えんと欲す
今春　看《み》すみす又《ま》た過ぐ
何《いず》れの日か是《こ》れ帰年ならん

中国では、大まかにいって北方の川を河とよび、南方の川は江という。黄河、揚子江はそれぞれを代表する。この詩にいう「江」も揚子江、またはその支流であろう。その江の水は、いま碧、紺碧《こんぺき》、ふかみどりである。そしてその上にいる白い鳥は、江水のふかみどりと対照的に、ふかみどりに映《は》えて、いっそう白い。眼にしみるように白い。

その眼を岸に転ずれば、かなたに見えるのはさみどりの山々である。「青」は、たとえば島崎藤村の詩にいう「麦の色はつかにあをし」の青、すなわちさみどり、新緑の色である。そのわきたつような新緑の山ふところに、真紅の花が炎のように、今にも燃え出さんばかりに、咲きほこっている。「然《ねん》」は燃《ねん》と同じ。

その「花」が何の花か、さきの句の「鳥」が何の鳥かわからぬように、わからない。しかし同時代の詩人王維《おうい》の句に、

雨中の草色は緑にして染《そ》むに堪《た》え
水上の桃花は紅《あか》くして然《も》えんと欲す
（「輞川《もうせん》別業」）

というのから類推して、桃の花だろうとする説もある。

さて、この充実した、強烈な自然を前にして、杜甫はかえって絶望にさそわれる。

「今春看《み》すみす又《ま》た過ぐ」。いま絶頂にあるこの春も、おしとどめようもなく、眼前を過ぎ去ってゆく。「看」の字は、現代中国語で「眼看《イエンカン》」というのと同じく、眼前をみるみるうちに、みすみす、という意味であろう。「又」の字は、詩人の放浪の旅の久しいことを示す。そして結句。「何《いず》れの日か是《こ》れ帰年ならん」。おのれの帰るべき土地、戦乱のあとおのれの政治的任務を果たすべき場所、それはみやこ長安である。そこへ帰れるのは、いったいいつの日か。

この詩のもつ特色の第一は、前半二句における色彩のあざやかな対比である。それが本来対句《ついく》を構成しなくてよい二句を、対句にしている。しかも、第四の色彩を、それが押韻の字であることを逆用して「然」としたのは非凡である。特色の第二は、前半の充実と、後半の空虚との対比である。凋落の秋が悲しみの心情をさそう、といった自然と人間の心理との短絡的な対応でないところに特色がある。第三に、杜甫は北方の出身であり、詩がうたうのは南方の自然、その原色的な強烈な印象が、杜甫の悲哀をいっそう深めている、といわれる。それは、詩の表面にはあらわれぬ第三の対比、第三の特色とよんでよいだろう。

なお、この詩のよりくわしい分析、詩のもつ哲学については、吉川幸次郎・三好達治著『新唐詩選』(岩波新書、一九五二年)を見られたい。

清明

杜《と》牧《ぼく》

清明は、清明節ともいい、春分の日から十五日目、陽暦でいえば四月の五、六日頃にあたる。花の季節であり、人びとは郊外に遊び、またピクニックをかねて墓参りをした。
晩唐の詩人杜牧（八〇三—五三）に「清明」と題する七言絶句がある。

清明時節雨紛紛
路上行人欲断魂
借問酒家何処有
牧童遥指杏花村

清明の時節　雨紛紛《ふんぷん》
路上の行人　魂を断たんと欲す
借問《しゃもん》す　酒家　何《いず》れの処にか有る
牧童　遥かに指《さ》す　杏花《きょうか》の村

花の季節は、雨が多い。「常年　春日　春晴すくなし」、あるいは「一春　略《おおむ》ね十日の晴れなし」などといわれるように、春は雨の日が多い。清明の時節に、しきりに降る雨。雨の降りしきる道を、ひとりの旅人がゆく。楽しかるべきこの季節、ただひとり旅ゆく人の胸は、かえってさみしさにしめつけられる。

せめてこのさみしさを酒にまぎらわそうと、借問《しゃもん》す、ちょっとたずねてみる。居酒屋はどのあたりにあるのかね。たずねられたのは、牛の背にまたがった少年、牧童である。少年は黙ったままゆっくりと指さした。それは杏《あんず》の花咲くかなたの村だった。

一幅の画を見るようなこの詩を、ベトナムの故ホー・チ・ミン大統領は、次のように詠みかえている。

清明時節雨紛紛
籠裏囚人欲断魂
借問自由何処有
衛兵遥指弁公門

清明の時節　雨紛紛
籠裏《ろうり》の囚人《しゅうじん》　魂を断たんと欲す
借問す　自由　何《いず》れの処にか有る
衛兵　遥かに指す　弁公門《べんこうもん》

「籠裏」とは、牢獄の中である。ホー・チ・ミンは、一九四二年、ベトナム独立同盟から使命を託されて中国に入り、蔣介石《しょうかいせき》の軍隊にとらえられて牢獄につながれた。その時の、いわば戯作である。「弁公門」は、役所の門。ここでは、刑務所の門をさす。

この詩、あまりにも原詩に即《つ》きすぎているが、ホー氏のユーモアは、その楽天性にうらうちされている。

寒食《かんしょく》の雨

蘇《そ》　軾《しょく》

正月三が日は火をつかわない、ということから作られるいわゆるおせち料理の習慣、それは中国の「寒食」から来るという。ただし中国の寒食は、冬至から百五日目、新暦でいえば四月の初旬である。この日は煮たきをやめ、あらかじめ作っておいたつめたい食物をたべるから、寒食という。旧暦では春の終りである。

宋の蘇軾（一〇三六―一一〇一）に「寒食の雨」と題する五言古詩二首がある。そのうちの一首。

自我来黄州
已過三寒食
年年欲惜春
春去不容惜
今年又苦雨
両月秋蕭瑟
臥聞海棠花
泥汙燕脂雪
暗中偸負去
夜半真有力
何殊病少年
病起頭已白

我　黄州に来たりてより
已《すで》に三たびの寒食を過《す》ごせり
年年　春を惜しまんと欲するも
春去って　惜しむを容《ゆる》さず
今年　又《ま》た雨に苦しみ
両月　秋のごとく蕭瑟《しょうしつ》たり
臥《が》して聞く　海棠《かいどう》の花の
泥に　燕脂《えんじ》を雪と汙《けが》されしを
暗中　偸《ひそ》かに負《せお》いて去る
夜半　真に　力あり
何ぞ殊《こと》ならんや　病《や》める少年の
病《やま》いより起てば　頭《かしら》　已《すで》に白きに

私が黄州に来てから、すでに三度目の寒食の日をすごすことになった。三度の春を送ることになる。蘇軾は三年前、ある筆禍事件（冬の巻参照）で投獄され、百日の入獄ののち、黄州（湖北省黄岡《こうこう》県）へ流罪となった。流人の身で、三たびの春を送ろうとしている。

年々、ゆく春をいとおしむ気持ちはあるのだが、春は勝手に去ってゆき、ゆっくり惜しませようとはしてくれぬ。そんな余裕も与えてはくれない。

そればかりか、今年の春は雨になやまされ、このふた月、まるで秋のようにわびしい日がつづいた。

寝床で聞いたのは、あの海棠《かいどう》の臙脂《えんじ》色の花びらが、泥にまみれた雪のように、降りつづく雨にけがされた、という消息だった。

次の二句、「暗中　偸《ひそ》かに負《せお》いて去る、夜半　真に　力あり」は、『荘子《そうじ》』の故事をふまえる。「舟を壑《たに》に蔵《かく》し、山を沢に蔵《かく》して、これを固《かた》しと謂《おも》えり。然れども夜半に力ある者、これを負《せお》いて走《に》ぐ。昧《くら》きもの（知恵の浅いもの）は知《きづ》かざるなり」（『荘子』大宗師篇）。この荘子の寓話のように、春は一夜にして盗み去られてしまった。ものみなの寝静まる夜半、そのときこそ非道の者の力は発揮される。ああ。

惜しむいとまもない、あわただしい春の変貌、それはまるで病気の若者が、病《やま》い癒《い》えて床《とこ》に起きあがってみると、頭髪《あたま》がまっ白になっていた、というのと同じではないか。
後半の二つの比喩はやや理屈っぽいが、その理屈っぽさがまた宋詩の身上《しんじょう》でもある。

送春の愁《うれい》　高《こう》啓《けい》

明初の詩人高啓（一三三六―七四）、字《あざな》は季《き》迪《てき》、青邱子《せいきゅうし》と号した。森鷗外に高啓作の長篇詩「青邱子の歌」の訳があり、夏目漱石は高啓の詩の愛読者であった。
その高啓に、「呂卿《りょけい》を送る」と題する七絶がある。呂卿がいかなる人物かは、よくわからない。

遠汀斜日思悠悠
花払離觴柳払舟
江北江南芳草徧

遠汀《えんてい》　斜日　思い悠悠《ゆうゆう》
花は離觴《りしょう》を払《はら》い　柳は舟を払う
江北　江南　芳草徧《あまね》し

送君併得送春愁　　君を送りて　併《あわ》せて得たり　送春の愁《うれい》

はるかな汀《なぎさ》、沈みゆく太陽、友を見送る私の思いは、あてどもない。「悠悠」は、空間的には遠くはるかなさまをいい、心理的にはとりとめもなく、あてどもないさまをいう。

今は楽しかるべき春である。花は別れの盃に散りかかり、柳の枝は旅立つ舟にふれてゆれる。柳の枝を別れのときに手折って渡すのは、中国古来の風習である。花はかえって別離の悲哀を深め、柳はつねに別離の感傷をかきたてる。

君がいま舟で旅立つ大川の北も南も、かぐわしい草がいちめんに生い茂っている。それはたけなわの春の象徴である。

絶頂は下降への転折点だというが、君を送る今、私の胸は、この春をも共に送る思いにとざされる。

この詩には、構えとかてらいとかいったものがまったくない。同じ作者の「胡隠君《こいんくん》を尋《たず》ぬ」（二五五ページ）がそうであるように、平易さへの挑戦がここにもある。

山中の春暁

高啓

前項に引いた明の高啓の、春の詩をもう一首。七言絶句。題して「山中の春暁、鳥声を聴く」。

「鳥声を聴く」というのだから、唐の孟浩然「春暁」詩（一一五ページ）の「処処啼鳥《しょしょていちょう》を聞く」というのとは異なる。「聞く」は自然にきこえて来るのであり、「聴く」は耳を傾けてきくのである。

子規啼罷百舌鳴
東窓臥聴無数声
山空人静響更切
月落杏花天未明

子規《しき》　啼《な》き罷《おわ》りて　百舌《ひゃくぜつ》　鳴く
東窓　臥《が》して聴く　無数の声
山空《むな》しく　人静かに　響《ひび》き更に切なり
月は杏花《きょうか》に落ちて　天　未《いま》だ明けず

子規《ほととぎす》が鳴きやんだと思うと、百舌《もず》が鳴きはじめる。東の窓辺に寝ころんだまま、無数の鳴き声に耳を傾けていた。

山はがらんとして人もまだ寝静まる中で、鳴き声はいっそう鋭くひびく。月は杏《あんず》の花かげに沈んだが、空はまだ明けやらぬ。

ほとんど解説を要しない表現の平易さ、それはこの詩人の詩の特徴の一つだが、その平易な表現の中に、まだ明けやらぬ山中の春を写してたくみである。

春江花月の夜

張若虚《ちょうじゃくきょ》

作品のほとんどが伝わらないにもかかわらず、ただ一篇の詩をもって名を後世に伝えた詩人たちがいる。初唐の張若虚（六六〇?—七二〇?）はその一人であろう。詩の題は「春江花月の夜」。七言の長篇、いわゆる楽府《がふ》体の詩であり、そのもとうたは、南朝末期陳《ちん》の天子陳《ちん》叔宝《しゅくほう》が作ったものといわれる。もとうたはほろんで伝わらない。
詩は、月光のもと、花の咲きみだれる揚子江の川辺の風景をバックに、男女相思の情をうたう。四句ごとに脚韻をふみかえて、全三十六句。

春江潮水連海平　　春江の潮水　海に連《つら》なって平らかなり
海上明月共潮生　　海上の明月　潮《うしお》と共に生ず
灩灩随波千万里　　灩灩《えんえん》として波に随うこと　千万里
何処春江無月明　　何処《いずこ》の春江か　月の明らかなるなからん

海にほど近い春の揚子江、さしのぼる潮は川の水もみなぎらせ、川か海か、それらは連なって一つになる。みちて来る潮から生まれ出たように、海上には明るい月がのぼって来た。月の光は、灩灩《えんえん》、きらきらと、波のまにまに、千万里のかなたまで。いま春の大川は、すみずみまで、明かるい月に照らし出される。

江流宛転遶芳甸　　江流　宛転《えんてん》として　芳甸《ほうでん》を遶《めぐ》り

月照花林皆似霰　月は花林を照らして　皆霰《あられ》に似たり
空裏流霜不覚飛　空裏《くうり》の流霜《りゅうそう》　飛ぶを覚《おぼ》えず
汀上白沙看不見　汀上《ていじょう》の白沙《はくさ》　看《み》れども見えず

大川の流れはまがりくねって、芳甸《ほうでん》をめぐる。「芳甸」は、花の香のかぐわしい野原である。月光に照らし出された林の花々は、その一つ一つが霰《あられ》の粒のように白く光る。空中を霜が流れているように感じるのだが、しかしその飛ぶ姿が見定められるわけではない。大川のなぎさの白砂も、いまは眼にさだかでない。

あとの二句は、実景・写実でなく、空想・比喩であろう。

江天一色無繊塵　江天一色　繊塵《せんじん》なく
皎皎空中孤月輪　皎皎《こうこう》たり　空中の孤月輪《こげつりん》
江畔何人初見月　江畔《こうはん》　何《いず》れの人か　初めて月を見し
江月何年初照人　江月　何れの年か　初めて人を照らせし

大川も天空も一色に輝き、かすかな塵もみとめられぬ。その空中にただひとつ、こうこうとさえわたる円い月。

この大川のほとりの月を、誰がはじめて見たのであろう。この大川の月は、いつはじめて人を照らしたのであろう。

悠久のむかし、太古のころ、この月をはじめて見た人、人をはじめて照らした月は、という問いかけは、平凡でない。

以上、詩は江と花と月、すなわち自然の風光をうたい、次にそれに触発されて人事、すなわち人生に思いをいたす。

人生代代無窮已　人生　代代　窮《きわ》まり已《や》むことなく

江月年年祇相似　江月　年年　祇《た》だ相《あ》い似たり

不知江月待何人　知らず　江月　何人《なんぴと》をか待つ

但見長江送流水　但《た》だ見る　長江　流水を送るを

人の生涯は、一つの世代から次の世代へと、きわまりもなく移り変わるが、大川の春の月は、毎年毎年、ひたすら同じ姿で変化はない。

この二句、同時代の詩人劉希夷《りゅうきい》（六五一―八〇？）の有名な句、「年年歳歳　花　相い似たり、歳歳年年　人　同じからず」（七七ページ）と、表現を異にしつつ、ほぼ同じ発想によっている。

さて、その年々同じ姿の大川の月は、いったい誰を待っているのであろうか。それは誰にもわからない。ただ眼前に見るのは、流れる水をいつはてるともなく送りつづける長江、すなわち揚子江の姿だけである。

白雲一片去悠悠
青楓浦上不勝愁
誰家今夜扁舟子
何処相思明月楼

白雲一片　去って悠悠《ゆうゆう》
青楓浦上《せいふうほじょう》　愁《うれ》いに勝《た》えず
誰《た》が家ぞ　今夜　扁舟《へんしゅう》の子
何処《いずく》にか　相《あ》い思う　明月の楼

とうとうと流れる長江の上を、白い雲がひとひら、いずこへともなく去ってゆく。悠悠とは、はてしないさま、また無関心なさまをいう。雲の去った空のもと、青い楓《かえで》の立ちならぶ入江のほとりは、たえがたい物思いをさそう。

物思いに沈むのは誰か。この夜、大川に扁舟、小舟をうかべた一人の若者。誰家は、誰と同じ。若者は、明月に照らし出された高楼《たかどの》、それがいずこにあるのかは知らぬが、その高楼の、一人の女《ひと》に想いをはせる。

後半の二句、ややわかりにくいが、「明月の楼」、及び次の句の「月徘徊《はいかい》す」という表現は、魏《ぎ》の曹植《そうしょく》（一九二—二三二）の「明月高楼を照らし、流光正《まさ》に徘徊す。上に愁思の婦あり、悲歎余哀あり」（「七哀」詩）をふまえたものと思われる。

可憐楼上月徘徊　憐れむ可《べ》し　楼上　月徘徊《はいかい》し
応照離人粧鏡台　応《まさ》に照らすべし　離人の粧　鏡《しょうきょうだい》台
玉戸簾中巻不去　玉戸簾《れん》中　巻けども去らず
擣衣砧上払還来　擣《とうい》衣砧《ちん》上　払えども還《ま》た来たらん

あわれ、楼上には月の光ゆらめき、離れてくらすあの女《ひと》の、姿をうつす鏡台を、くっきりと照らし出していることだろう。

玉をちりばめたとびら、その部屋にかかる簾《すだれ》、月の光はその簾で巻きとることもかなわず、想う人の衣をうつ砧《きぬた》の上にまで、うち払っても忍びこむ。

此時相望不相聞
願逐月華流照君
鴻雁長飛光不度
魚竜潜躍水成文

此《こ》の時　相《あ》い望めども　相い聞こえず
願わくは月華を逐《お》いて　流れて君を照らさん
鴻雁《こうがん》　長く飛んで　光　度《わた》らず
魚竜《ぎょりゅう》　潜《ひそ》み躍《おど》りて　水　文《もん》を成す

いま若者は、はるかに眺めやるだけで、その女《ひと》の声は聞けぬ。何とかして月のあとにしたがい、光となって君を照らしたい。

便りを伝えてくれるという雁《かり》は、はるかに飛んで光はとどかず、手紙を運ぶという魚も、淵深くはねて水紋をえがくだけ。

月華は、月の光。鴻雁はかり、魚竜はうろこのあるものをさし、ここでは単に魚というのと同じであろう。雁、魚、ともに便りを伝達してくれるもの、とのいいつたえがある。

さて、夢はやがて現実にもどらねばならぬ。若者も、そして作者の私も。

昨夜閑潭夢落花　　昨夜　閑潭《かんたん》　落花を夢《ゆめ》む
可憐春半不還家　　憐れむ可《べ》し　春半《なか》ばにして　家に還《かえ》らず
江水流春去欲尽　　江水　春を流して　去って尽《つ》きんと欲し
江潭落月復西斜　　江潭《こうたん》　落月　復《ま》た西に斜《なな》めなり

昨夜、大川のしずかな淵のほとりで、花の散る夢を見た。あわれ、春もなかばというのに、故家に帰れぬ。

大川の水は春を押し流し、春はやがて姿を消そうとしている。大川の淵にかかる月も、はや西に傾いて沈みはじめた。

そして、結びの四句。

斜月沈沈蔵海霧　　斜月《しゃげつ》　沈沈　海霧に蔵《かく》れ
碣石瀟湘無限路　　碣石《けっせき》　瀟湘《しょうしょう》　無限の路
不知乗月幾人帰　　知らず　月に乗じて　幾人か帰る

落月揺情満江樹　　落月　情を揺《ゆ》るがして　江樹に満つ

傾く月は、海上の霧にふかぶかとつつまれ、北の碣石《けっせき》から南の瀟湘《しょうしょう》の川まで、はてしなくつづく道。碣石は河北省秦皇島《しんのう》の近くにあるといわれる岩山。瀟・湘は洞庭湖にそそぐ湖南省の二つの川。

この長い旅路を、月かげに照らされながら、いかほどの人が故郷への道を急いだことか。いま沈みゆく月の光は、心ゆさぶり、大川のほとりの樹々にみなぎりあふれる。

この長篇の歌は、後世の批評家によって「流暢宛転《りゅうちょうえんてん》」と評された。たしかに春江花月の夜に相思の男女を点出させて、そのうたいぶりは流暢宛転、その過剰な感傷は、この歌の弱点であるとともに、長所でもある。

送春

賈《か》島《とう》

中唐の詩人孟郊《もうこう》（七五一―八一四）と賈島（七七九―八四三）が、いずれも苦吟型の詩人とよばれたことについては、先にのべた（一〇二ページ）。うち賈島は、「推敲《すいこう》」の故事をもって知られる。「李凝《りぎょう》の幽居に題す」という詩の第二聯、「鳥は宿《やど》る　池中の樹、僧は敲《たた》く　月下の門」の「敲く」の字を、もとの「推《お》す」のままにすべきか、「敲く」に改めるべきか、賈島はロバにまたがって苦吟し、みやこ長安の大通りを行くうちに、都の長官韓愈《かんゆ》の行列につっこんでしまった。話を聞いた韓愈は、その無礼をゆるして、「敲の字、佳なり」といい、以後二人の交遊がはじまった、というのである（『唐詩紀事』など）。

この賈島に、「苦吟」の字をうたいこんだ詩がある。題して「三月晦日《かいじつ》劉評事に贈る」、七言絶句。晦日はみそか、末日。旧暦三月の末日は三十日、春のさいごの日である。劉評事は、賈島の友人であろうが、くわしいことはわからない。評事は、裁判をつかさどる官。

三月正当三十日
風光別我苦吟身
共君今夜不須睡
未到暁鐘猶是春

三月　正《まさ》に当《あた》る　三十日
風光　我が苦吟の身に別《わか》る
君と共に　今夜　睡《ねむ》るを須《もち》いず
未《いま》だ暁《ぎょうしょう》鐘に到らざるうちは　猶《な》お是《こ》れ春

今日はちょうど三月の三十日。春の終りの日だ。春の風光は、この苦吟する私の身に別れをつげて、去ってゆく。なごやかな春の風光、それさえ私にとっては苦吟の対象だったが、それだけにかえって名残りはつきない。

今夜は、君とともに夜を明かそう。今夜は眠ることはない。明け方の鐘が鳴るまでは、まだ春なのだ。

スケールは小さいけれども、ゆく春を惜しむ心情はよく出ている。この詩、賈島が別の詩でうたうように、「二句　三年に得《え》、一吟　双涙流《そうるい》る」というほどの、苦吟のあげくの作でもなかろうが、やはり大らかさには欠ける。大らかさには欠けるけれども、感傷は深い。

続刊以降の目次

夏

秋

冬

平凡社ライブラリー 619

漢詩《かんし》一日一首《いちにちいつしゆ》〈春《はる》〉

発行日 ……… 2007年9月10日 初版第1刷
2017年7月28日 初版第4刷
著者 ………… 一海知義
発行者 ……… 下中美都
発行所 ……… 株式会社平凡社
〒101-0051 東京都千代田区神田神保町3-29
電話 東京(03)3230-6583[編集]
東京(03)3230-6573[営業]
振替 00180-0-29639
印刷・製本 …… 株式会社東京印書館
装幀 ………… 中垣信夫

ISBN978-4-582-76619-6
NDC分類番号921.4
B6変型判(16.0㎝) 総ページ264

平凡社ホームページ http: //www. heibonsha. co. jp/

平凡社ライブラリー　既刊より